童心．夢想

——兒童文學的想法

林煥彰　著

【序】我的兒童文學的想法

——自序《童心．夢想》

林煥彰

我曾經出過一本《拿什麼給下一代》，無非想說一些個人對兒童文學關懷的話，自問自己能為兒童、以及兒童文學做些什麼？過去二三十年，我的確是參與台灣兒童文學界做了一些什麼，甚至對兩岸四地、東南亞華文以及亞洲的韓國、日本、菲律賓等兒童文學做了交流，所以就陸陸續續寫了一些有關的想法；那些想法，整理部分成書之後，是1998年4月，由宜蘭縣文化局補助出版；而後這麼多年來，我雖然逐漸淡離兒童文學的圈圈，但為兒童寫作、閱讀的事，我仍然沒有放開過，甚至還有機會跑得更遠更偏闢的地區，如金馬、澎湖等離島、北中南部的山區和國外；尤其，2006年底離開職場後，我自稱在「周遊列國」，走過的地方就更多了，總是希望能為兒童多做些什麼，希望我們的台灣兒童文學能有更好、更繁榮的發展。

我不是兒童文學研究學者、理論家，但我愛兒童，愛文學，這兩個「愛」加在一起，我就是愛為兒童文學寫作的人；因而寫久了，自然對兒童文學就有些想法，有想法我就會把它寫下來。收在這集子裡的文字，是我近二十多年來累積的一部分，除【卷二】一篇〈再創童詩的美好時代〉，是今年二月下旬，應國語日報紀念詩人楊喚逝世60周年專刊（2014.03.02見報）寫的，其他都屬於舊作，不一定對當前台灣兒童文學界能有什麼激發作用，但個人總認為台灣兒童文學，仍然須要更加把勁，希望有人能出來不斷大聲疾呼，喚起更多人注意，進而付諸行動：能寫的人多寫，能出錢出力的，多出錢出力……

校完這本書的初稿，我才發現，過去所寫這類文字還算不少，收在這裡的，大約不到一半；尤其談論兒童詩部分，更多；而且，我還發現有很多篇章，忘了附註曾經在哪些刊物刊載過，感到很自責而又不應該！現在，我碰到眼睛出問題（黃斑部病變），不得不放棄翻找原始剪報、補充加註，如有給讀者造成不便，請多包涵。這本書就這樣，坦誠推出和關愛台灣兒童文學的人士見面，誠懇期待大家指教，並由衷感謝秀威資訊科技公司，大力支持，讓它有機會以最佳的出版方式、大方面世。

（2014.08.20/00:00研究苑）

目次
CONTENTS

卷一

「無用」與「有用」之間
——關於兒童文學的意義及其價值

0.開門見山

我喜歡開門見山——有話直說，無話就不說了。

即使有話，我也想用最簡單的方式來說。

以下是我對「兒童文學的意義及其價值」這個問題的一些思考。

1.見山是山

兒童文學的意義是什麼？

兒童文學的意義，就是「兒童文學」。因為「兒童文學」包括「兒童」和「文學」這兩個主題。

屬於「兒童的」，要面對兒童，為兒童寫作、為兒童著想。

屬於「文學的」，要有文學的藝術成分存在、為文學藝術著想。

當然，兒童文學的意義，不只這麼簡單，還有更繁複、多樣的意義，以最簡單的方式來說，就是：

「兒童文學」不是「兒童文學」。

2.見山不是山

「兒童文學」不是「兒童文學」，那「兒童文學」是什麼「文學」？

有人說：兒童文學是「教育的文學」。

也有人說：兒童文學是「愛的文學」。

還有人說：兒童文學是「智慧的文學」。

更有人說：兒童文學是「遊戲的文學」、「快樂的文學」、「幻想的文學」、「知識的文學」、「經驗的文學」、「現實的文學」、「科學的文學」、「治療的文學」……

因此，兒童文學的意義不是單一的，它會隨著不同的體裁（或文類，如兒歌、童詩、童話、兒童寓言、兒童散文、兒童小說、兒童戲劇……）、不同作者的理念（文學觀、寫作觀）、不同讀者的需求和不同運用者（含研究、教學、表演、詮釋等）的企圖而衍生繁複、多姿多彩的意義。

3.見山還是山

儘管兒童文學會因為上述不同體裁、不同作者、不同讀者、不同運用者而衍生繁複、多樣的意義，但最根本的終極意義，還是不得拋棄「兒童」和「文學」這兩個主體。

沒有「兒童」的文學，不會是「兒童文學」。

沒有「文學」的所謂兒童文學，實際上是不能叫作「兒童文學」。

所以，「兒童文學」還是「兒童文學」。

4.關於兒童文學的價值

「兒童文學」有沒有價值？

「兒童文學」的價值是什麼？

如果我說：兒童文學是「無用」的，必定會有一群人指著我鼻子說我胡說八道。

如果我說：兒童文學是「有用」的，也必定會有一群人站起來大聲的反對。

因此，我說「兒童文學」有或沒有價值，都不對，所以我在這篇短文的題目上，一開始就將「無用」與「有用」都加上了引號，暗示「兒童文學」的價值，是在「無用」與「有用」之間。

我會用這種不確定的、模糊的、不負責任的態度來處理，主要是兒童文學的價值認定也會因人而異，我不想、也不敢用有限的語言來限定它，但有一個基本概念，我是可以明確肯定的認為：

「兒童文學」的存在和發展，不論哪個世代，都有它的價值，而且和它的意義是相互依存的。

1998.4.24.上午寫於研究苑

藝術的兒童文學與大眾的兒童文學

本論題「藝術的兒童文學與大眾的兒童文學」，係主辦單位設定提出論題之一；在台灣兒童文學界，無此畫分，我謹就此論題試做思考，期望和與會各國兒童文學學者、專家共同探討，並請益。

1.

在台灣，一向有「兒童文學」與「兒童讀物」的說法，中國大陸也有同樣的說法，這是分別說明兩個很清潔的概念。

「兒童文學」指的是：「兒童」閱讀的「文學」。「兒童文學」涵蓋成人專為兒童寫作的文學和兒童寫作的文學；其文類有：兒歌（童謠）、童詩、童話、寓言、故事、散文、小說、戲劇等等。「兒童讀物」指的是：「兒童」閱讀的「讀物」，其範圍較廣，凡為兒童出版的圖書，都可以涵蓋在內；「兒童文學」自然也成為「兒童讀物」的一部分。

2.

「兒童文學」與「兒童讀物」這兩個概念，在台灣已清楚界定屬於兩種不同的範疇，通常談「兒童文學」的時候，自然不會受到「非文學」（兒童讀物）的混淆和困擾。

3.

從事文學創作者都相信「文學是語言的藝術」，文學主要的媒介，就是語言；語言藉其符號（文字）具體呈現創作者的思想、感情、智慧、知識、經驗和創意。

「兒童文學」就是文學的一種，其表達媒介也以語言為主；兒童文學創作者運用語言的藝術性，形象化的具體呈現他的思想、感情、智慧、知識、經驗和創意，完成文學作品，兒童文學自然順理成章的成為「語言的藝術」。

因此，我們說「兒童文學」的時候，其意涵便具有「藝術」成就和價值概念在內，無須特別在「兒童文學」的名詞上冠以「藝術的」形容詞，用以指示其文學成就和價值。

假設，如果一定要有「藝術的兒童文學」與「大眾的兒童文學」之區分，當然我們也可以做一番不同的思考，探討當前世界各國的兒童文學發展，是否已出版有此區別的現象，以及在出版多元化的行銷市場上所面臨的課題。這也是滿有意義的。

4.

不可諱言的，二十世紀九十年代一切都有「商品化」的傾向，在世紀末市場經濟陰影籠罩下的「兒童文學」，已不可避免會淪為「商品」的一種。

文學本來就是很難「大眾化」的一種語言藝術；在文學藝術界裡，一句常用於說明文學藝術接受程度的話是「曲高和寡」；

意思是太屬意追求高境界的文學藝術作品，能夠接受欣賞共鳴的人，必定較少，如果「藝術的兒童文學」和「大眾的兒童文學」是指兩種對比不同層次的文學成就的作品，顯然「藝術的」就意謂著這類的「兒童文學」作品，具有較高的品質與豐富的內涵，不容易受到大眾的青睞，讀者必然不多；而「大眾的」則恰好相反，有「通俗化」的商業走向，可能就是為討好並滿足於多數小讀者的消遣、遊戲口味，在市場上容易成為暢銷讀物，也是經營者樂於出版的「商品」。

「藝術的」與「大眾的」常常是兩極化，各行其是的；如何在「藝術的」和「大眾的」兩極中取得均衡，是否我們兒童文學的寫作者應該努力思考寫作的目標？既要創作高水準、富啟發性的兒童文學，也要能捕捉大多數小讀者的閱讀心理和需求。要作為一個優秀的成功的兒童文學作家，在以市場為行銷導向的時代裡，是需要付出更大的心力的。

5.

兒童文學的寫作者，是否有比一般文學的寫作者更具較崇高的理想和使命感，而有不同出發點？依據個人體會，大多數的兒童文學作家都有自發性很強，具有執著奉獻的性格，市場的取向不是他們寫作的唯一目標和關心的焦點；為兒童努力給他們寫出好作品，才是兒童文學家們默默耕耘的目標。這種基本精神，我想就是「教育家」和「宗教家」的博愛精神的體現。

6.

「兒童文學」是語言的藝術，但也不可諱言，兒童文學也是一種「教育文學」；只不過，在兒童文學作品裡，「教育」的意含是多方面的，以「兒童文學」及其閱讀的主要對象（兒童）而言，它包含的很廣，有「語文教育」、「知識教育」、「經驗教育」、「品格教育」、「審美教育」和「心靈教育」等等，是注重潛移默化，具持續性的陶冶作用，讓兒童樂於接受，必須借助遊戲的手法，使豐富的內涵深入淺出，與小讀者進入親密的心靈交流，是在商業競爭日愈激烈的年代，在「藝術的兒童文學」與「大眾的兒童文學」，必須取得良好的調適，為培育優秀的下一代，兒童文學作家（畫家）、出版者、讀者，都必須做過渡的調適，而理論研究者也必要適時拋出善意激勵性的言論，讓具有崇高使命感的兒童文學作家有更大的勇氣開拓更寬廣的心靈空間，為二十一世紀未來主人翁做出更高品質的服務。

原載1997.08.04-09首爾第四屆亞洲兒童文學大會論文集
韓國兒童文學學會編印

為兒童的夢土

——從文學透視兒童的心

0.引言

「兒童文學是成人心靈的故鄉。」（韓・宣勇）
說明了兒童文學是充滿「童心」，
是為兒童的寫作者所嚮往的夢土。

「兒童」是什麼？

「兒童的心」是什麼？

這些問題，你都知道嗎？你都認真想過嗎？說真的，這些問題，我還不十分清楚；但作為一個「為兒童」的寫作者，我是認真想過，也都認真的在思索⋯⋯

「從文學透視兒童的心」，這個命題，是編者給的，我在電話中，不小心接了下來，結果傷了好幾天的腦筋，仍沒有想通，不知該如何解題！我今晚打算不睡覺，用一個晚上的時間，試著分成下列三個小節來思索：

一、「文學」是什麼？

二、「兒童」是什麼？

三、「兒童的心」是什麼？

1.「文學」是什麼？

「文學」是文字的藝術。不對，這只就文學的表達媒介（文字處理）的層面來談，未觸及「文學」真正要表現什麼和表現了什麼。如果可以打個比方，說「文學」是人性的一面鏡子，它反映的就是人性的真、善和美。但由於表現上的需要和體裁處理的不同，「文學」可分成好幾種文類；以「為兒童」寫作的「文學」（即「兒童文學」）來說，「兒童文學」的文類至少有下列數種：詩歌、散文、童話、寓言、小說和戲劇等等。

儘管「兒童文學」有這麼多種不同的文類，作為「文學」它們必須反映真善美的本質，是一致的。也就是說，「文學」是忠實的反映人性善惡、美醜；「兒童文學」自然也就是忠實的反映兒童的心性。

至於「文學的作用」呢？印度文學家普列姆昌德有一段話，是可以借重的，他在《文學在生活中的地位》中說：「文學是揭示內心感情的奧秘，喚起優良的品行。正如用愛撫和親吻能成功地管住孩子，而用斥責卻不可能一樣，我們通過情意可以容易地獲得真理，而通過知識和理智則不那麼容易。誰不知道用愛可以把嚴酷的本性軟化？文學不是理智的產物，是心靈的產物。在知識和訓誡不能成功之處，文學能贏得感化。正是由於這種原因，我們才看到一些奧義書和其他宗教著作求助於文學。」

這說明「文學」和內心世界息息相關，「從文學透視兒童的心」的可能性，並且可以發揮文學感性的力量，勝過知識、理智的訓誡，甚至宗教、哲學都得借助它。

從兒童文學的不同文類來考察，每一種文類的體裁，都有它表現上的特質：優點和極限。因此，文類的多樣化，也就有助於掌握人性多樣化的表現。

為了說明上的方便，特別在這裡簡單例舉各種文類的特質作為參考：

「詩歌」的特質是，它表現個人純粹心靈上的感觸和感悟，是主觀性較強的「語言藝術」的創作。

「散文」的特質是，輕鬆、隨意、隨興，可以話家常、抒情談心的一種親切的文體。

「童話」的特質是，虛構、幻想、想像都可以成為可能，滿足人類創造性的慾望。

「寓言」的特質是，藉虛構的故事傳達或揭示人性的種種或道理。

「小說」的特質是，以客觀的方式處理人性中的矛盾、衝突與和諧。

「戲劇」的特質是，喜、怒、哀、樂、善良與殘酷、美與醜……，以顯明對比的方式處理人性問題。

人性是複雜的、多變的；「文學」是反映人性的「人學」（或稱「人的文學」），必須要有多種文類作為「載體」，充分發揮「文學」的功能。作為「兒童文學」它比「成人文學」的文類，多出了一種「童話」，足證「童話」在「兒童文學」中，以及「兒童的心」中的重要地位。

2.「兒童」是什麼？

「兒童」是「小人」嗎？不是；「兒童」也是人，是一個獨立存在的生命個體；應該給予對等的尊重。

從一般生理成長和心理發展來了解「兒童」，有兩種說法：一種是廣義的指從出生到青年初期（即1—18歲），包括乳兒期、嬰兒期、幼兒期、童年期、少年期和青年初期。另一種狹義的指童年期（即6—12歲），也是兒童進入小學從事正規學習的時期；又稱學齡初期。其特徵是，學習成為兒童的主導活動，其認知活動隨學習活動而發生、發展，其顯著的特點是從口頭言語向書面言語過渡，從具體形象思維向抽象邏輯思維過渡。在此過程中，各種心理過程的自覺性和隨意性迅速發展。他們知覺的有意性、目的性和分析與綜合統一水平不斷提高，其抽象邏輯思維直接與感性經驗相聯繫，具有很大成分的具體形象性，思維的自覺性、獨立性和想像的有意性、創造性迅速增長；情感的內容不斷豐富和深刻性也在日益增長，各種高級的社會情感發展迅速，意志的主動性、獨立性和堅持性都在進一步發展。在集體生活和集體意識不斷發展的基礎上，兒童的自我意識逐步提升到更高的水平，能獨立自主地、帶有批判性地評價別人和自己，他們開始真正領會一定道德的準則，學會按照這些準則來調節自己的思想與行動。

兒童文學是反映兒童的人性，滿足他們內在心靈的需求，並啟發他們優良的品行，於是對兒童生理成長和心理發展的了解與掌握，在寫作者來說，有絕對的必要和幫助。

3.「兒童的心」是什麼？

從「心理學」的觀點，可解釋為「兒童心理」，但在兒童文學中，或可簡稱為「童心」；「童心」在兒童文學或為兒童寫作者是相當珍貴的東西。如果為兒童寫作者心中感受不到「童心」的存在；如果兒童文學作品心中沒有「童心」，那他的作品勢必不會有兒童喜愛閱讀的情趣，是枯躁無味的。

我的韓國朋友——兒童文學作家、中國兒童文學翻譯家宣勇曾經告訴我：「兒童文學是成人心靈的故鄉。」這句話頗耐人玩味，也說明了兒童文學是充滿「童心」，是為兒童的寫作者所嚮往的夢土。

大陸著名兒童文學家陳伯吹在《談兒童文學創作上的幾個問題》中指出：「一個有成就的作家，願意和兒童站在一起，善於從兒童的角度出發，以兒童的耳朵去聽，以兒童的眼睛去看，特別以兒童的心靈去體會，就必然會寫出兒童能看懂、喜歡看的作品來。」同時他在另一篇《談兒童文學工作中的幾個問題》中又說：「如果審讀兒童文學作品，不從『兒童觀點』出發，不在『兒童情趣』上體會，不懷著一顆『童心』去欣賞鑑別，一定會有『滄海遺珠』之憾；被發表和被出版的作品，很可能得到成人的同聲讚美，而真正的小讀者卻未必感到有興趣。」由此也可見「童心」在兒童文學中的重要性。

那麼「童心」究竟是什麼？明代文學家李贄認為天下至美的文藝作品均出自童心，他說：「夫童心者，真心也，絕假純真，最初一念之本心也；童心者，心之初也。」所謂「童心」，是指赤子之心，強調文學作品要表現作家實情實感，就如兒童那樣純真自然、坦白直率，不帶偏見。

李贄這番見解，不只奠定明代我國美學思想的核心，對現代中國兒童文學的美學建構而言，也是相當先進思想的啟蒙，為兒童的寫作者，應該牢牢記在心頭吧！

「兒童」是什麼？

「兒童的心」是什麼？

對於這些問題，一般人可以不懂，但作為一個「為兒童」的寫作者，卻不能不認真的加以思索……

原載《師友》月刊第370期，1998.04.

世界華文兒童文學的播種

隨著科技的發展，世界已成為一個「地球村」，在幾秒鐘之內，即可獲得任何地區的訊息；而隨著社會生活型態的改變，華人也越來越多流向世界各地，因此，發展華文文學使之成為世界性的文學，已經不再是一種夢想，而且也已成為當前不可迴避的課題，也正是我們華文作家在二十世紀即將結束的九十年代中，應有的使命和努力的目標，我們應該改變觀念，要有宏觀的思想，不為某一地域或某一國籍的華人寫作，應該是為全世界每一個華人、甚至是要為地球上世世代代的華人寫作。

此時此刻，站在歷史重要的時刻中，我們展望二十一世紀成為華人世紀，華文兒童文學必將有助於推展華文文學加速在世界各地的普及與茁壯。

兒童文學是宣揚博愛、智慧和教育的文學，是文學的基石，是文學的重要的一環；華文兒童文學，自然也就是宣揚華人的博愛、智慧和教育的文學，它必然也應肩負起華人下一代人格教養的重要的一環；一個完美、健全的社會，和諧、進取的世界，先有健全發展的兒童文學，「成人文學」才得有健全發展的可能；正如一個人的成長，兒童時期的身心，如果得不到適當照顧與良好發展，長大成人之後，要想期望他能成為健全的人，恐怕會有很大的困難。準此，僅就「文學」的立場而言，相對於「成人文學」的「兒童文學」，它不僅僅是「文學」中的一部分，事實上，它已獨立而超越於「成人文學」的範疇，自成為一個獨特的文學體系；它除了小說、散文、詩歌、寓言、戲劇等類型的作品與「成人文學」同樣具備之外，更擁有了「成人文學」所沒有、而且又是孩子們普遍所喜愛的一部分，如童話、神話、故事等等。所以，兒童文學體系的完備、獨立，絕不該將它當作「小人文學」或「小兒科」來看待。

談發展世界性的華文文學，有必要同時著眼於世界華文兒童文學的發展，使有華人的地方，即有華文兒童文學，並與華文文學相輔相成，共同為繁榮我們中華民族的文學早日弘揚於世界，促進和諧世界的大同。

當今世界華文文學發展的情況與華文兒童文學在世界各地區的傳播情形，實與華人流向海外的數目及華裔子孫的繁衍不成正比；換句話說，當前世界各地有華人的地方，未必即有華文兒童文學，華裔子孫逐漸為當地語言、文化、習俗、思想、觀念所同化，除原本擁有黃皮膚、黑眼珠、黑頭髮，以及脈管中流動的炎黃祖先的血液不可改變之外，其思想、觀念、行為等等早已異化，長此以往，難保幾代之後，在海外生長的華裔，恐怕就不知不覺的忘了自己祖先來自何處？自己的母語、文化為何物了！

而發展世界性的華文兒童文學，基於個人多年的接觸、思考，以為這項工作實有賴於我們華文作家率先群策群力——以我們多年從事文學的豐富經驗，一面創作兒童文學作品，一面呼籲各階層華人關注子女的華文及文化教育，支持華文兒童文學的普及推廣，使每一位旅居海外、或在海外出生的新一代，在接受當地文化、教育以及生活習俗薰染之同時，也能主動、積極保有華語、華文的教育，透過華文兒童文學的閱讀，潛移默化，汲取母國特有文化的博愛、智慧與教育的精神，相信必能培育出更具優雅氣質和卓越才華的下一代。

有關華文兒童文學走向世界的課題，雖已引起一些學者、專家的關注，但實際的推動工作，尚待有心人有計畫的積極展開，尤其希望「亞洲華文作家文藝基金會」也能把它列為重點工作。目前，除台灣、香港、大陸等華語文本土之外，對於華文兒童文學工作的推展，只有菲律賓、新加坡、馬來西亞三個國家地區能看出具體的一些行動（尤其菲律賓的「菲華兒童文學研究會」及「林謝淑英兒童文學基金會」的具體做法，值得華文作家推展華文兒童文學借鏡），其他地區、國家似乎尚無這方面的活動，實有待旅居當地的華文作家、教師、學者、家庭主婦等及早參與，把推展華文兒童文學的工作視為自己謀生之外的另一項重大的使命，以自己為出發點，把自己的子女當作關愛的對象，將這顆代表華人文化精華所凝結的種籽，散播在孩子們的心田中，並與各地區華文兒童文學緊密連繫、交流（交換經驗、相互支援），共同攜手合作，創造出更繁榮的華文兒童文學及華文文學。

原載1990.06.27.泰國《世界日報》湄南河副刊

曼谷・亞洲華文作家會議發言

面向二十一世紀的兒童文學

——以台灣經驗為例，經濟騰飛給兒童文學帶來什麼？

0.

古老的中國有一句話：

「水能載舟，亦能覆舟。」

任何事情的發生，都可能有兩種不同的影響和結果。經濟能力的提升，對兒童文學的發展，自然也不會例外：它有正面的作用，可以加速兒童文學的推廣；也有負面的影響，使兒童文學隨著商品化市場導向而浮沉。

如何在「正面」與「負面」之間取得均衡，甚至寄望做到正面的影響大於負面的損傷，都是事在人為；就看兒童文學工作者有無自省能力，有無理想使命，能否堅持……有以致之？

本文僅就個人的「台灣經驗」出發，就大會所賦予的主題「經濟騰飛給兒童文學帶來什麼」，談談台灣近半個世紀以來兒童文學與經濟發展的關係。

1.

以第二次世界大戰「終戰」作為分水嶺，今年正好是五十週年；就歷史的觀點來說，一九四五年「終戰」後對台灣現代兒童文學的發展，恰好是一個新的出發點：

1.台灣光復，擺脫日本統治，國民政府遷台，台灣兒童文學恢復以中文寫作。

2.台灣現代兒童文學的發展，是循著翻譯、改寫到創作；這條大多數兒童文學先進國家發展的軌迹，而發展開來。

以上這兩點都是歷史的事實。但近五十年來的台灣兒童文學的發展，卻又與台灣的經濟發展息息相關；沒有騰飛的台灣經濟，也就沒有蓬勃發展的台灣現代兒童文學。

2.

台灣經濟的起飛，大約始於二十世紀六十年代末、七十年代初；在此之前，戰後的台灣經濟重心，仍以傳統農耕為主，人民生活普遍窮困，大多數兒童閱讀的，只有學校的教科書，沒有課外可以閱讀的「兒童文學」。即使在城市裡，少數富裕家庭或公教人員子弟有機會接觸的課外讀物，也大多以翻譯英美、日本或中國大陸早年（1949年以前）出版的舊版圖書為主。此一時期，長達二十年（1945～65），台灣兒童文學的創作，佔所有兒童讀物的出版，恐怕不及百分之三。

到七十年代中葉，台灣經濟開始步入工業化，一般工人階層的收入與農民所得取得平行發展，甚至有的已高過農民，對子女的教育也開始重視，台灣兒童讀物才逐漸進入一般中下階層家庭。此一時期的台灣兒童讀物，也逐漸由翻譯、翻印而增添了改寫的作品，作家也從翻譯或改寫中汲取經驗，加強創作意識，台灣才真正有了屬於自己的現代兒童文學作品；但佔台灣兒童讀物的出版總數，也還不到百分之十。

從八十年代初迄目前為止，近十多年來，台灣經濟的發展，是一個騰飛的階段，人民生活普遍富裕，高學歷的年輕一代父母，對子女教育也更加重視，提前注意幼兒時期的教養，幼兒讀物乃成為出版界競相開拓的領域，幼兒文學便也成為作家關注的重點。此一時期的台灣兒童讀物，雖然仍不能排除引進外來圖書的翻譯和翻印，但本土創作意識已見高漲，自製童書作品也相對增加，佔年出版總數約達百分之二十以上，相當於過去三十幾年的總和。

3.

就台灣近半個世紀經濟發展所呈現的社會現象來看，台灣經濟騰飛給人民帶來更多的就業機會和收入；人民生活富裕、消費能力提高，有更多餘力購買精神食糧是不用置疑的。但物質的過分充裕、次文化商品充斥市場，大眾娛樂、電子遊戲器、媒體消遣節目入侵家庭，帶給孩子的誘惑力即無所不在，分散兒童的時間，使他們願意用在閱讀上的時間便相對減少，兒童文學出版品的銷售量便面臨到強大的衝擊和威脅。

面對如此不利的現實環境，兒童文學作家，若其嚴肅的主題呈現，仍一成不變的堅持「以教育為目的」，將會受到嚴重的考驗，影響其發表和出版的機會，乃是必然的結果。

4.

面向二十一世紀，兒童文學作家應有的思考是什麼？

如果我們在此世紀末所寫的作品，其讀者是八至十二歲的兒童，十年後，他們都將長大成年；如果是二十年後，他們就是二十一世紀二十年代的社會中堅，他們付出的知識、智慧，所做所為，必將對當時的社會產生一定的影響。我們現在給予他們的兒童文學的陶冶和啟發，也必然能夠在他們的思想、觀念中產生潛移默化的作用；我想，我們的兒童文學工作者該不會妄自菲薄，否定自己對兒童文學所奉獻的這點力量吧！因此，我們也應該有勇氣面對未來、面向新的二十一世紀、新的新新人類，是否也應該有新的人生觀、新的創作觀，作為指導自己創作的準則？

當然，兒童文學不問任何時代都應該是多樣化的，每位兒童文學的工作者，也都應該是一個自由人，有自由的意志，憑藉自己的良知從事兒童文學創作，誰也沒有資格可以（也不該）限制、強求任何一個寫作者的自由意志。筆者在此只是由於大會所提示的主題而引發這點感想，產生這個沒有答案的思考，希望藉此機會，向與會亞洲地區各國兒童文學先進及青年才俊們請求賜教，並和我們台灣來的代表們共同勉力，共同追求具體的答案，為下一代二十一世紀的兒童創作更新的文學作品。

1995.10.31.寫於台北

90年代台灣兒童文學發展趨勢

——兒童詩主流地位的形成和轉移

依近半個世紀，台灣兒童文學的演變與發展來看，可以明確地指出：從70年代中期，至80年代後期（1974年～1990年），這十餘年間，是台灣兒童詩最為蓬勃的時期，也是兒童詩在台灣兒童文學領域中，居於主流地位的時代。

台灣兒童詩主流地位的形成，有以下幾個重要因素：

1.洪建全兒童文學創作獎的鼓勵

1974年2月間，洪建全教育文化基金會（民間財團法人）通過一項提案，成立「洪建全兒童文學創作獎」，並於同年4月公佈徵稿辦法，包括：圖畫故事、少年小說、兒童詩（兒歌一項，遲至第十四屆才增列）、童話等，這個前所未有的獎項設置，對當時沉寂的台灣兒童文學界，實具有振興作用；其獎金之高，得獎作品又以彩色插圖編印、精裝出版，以當時台灣剛起飛的經濟水準及兒童讀物一般的出版狀況而言，對一向以「寂寞的一行」自稱的兒童文學寫作者，無疑是破天荒的鼓勵；而對於才剛剛冒出芽兒的兒童詩，則更具積極的推動作用；從第一屆應徵兒童詩的件數（115件，每件20首，為各項應徵作品之冠）來看，等於有115人參與為兒童寫詩，可見其影響之大。

2.兒童詩刊的出現

在台灣兒童文學史上，迄目前為止，似乎還未有過童話、少年小說的專門刊物出現，對台灣兒童文學的整體發展來說，實在是一大缺憾！原因是，台灣兒童文學界中，從事這兩方面的寫作者向來就少，無法蔚為風氣，加上沒有傻勁的人願意挺身而出凝聚群體力量，共同為童話或少年小說的發展做些積極推動的工作，致使台灣兒童文學的發展，頗為緩慢。

兒童詩刊的出現，不僅使兒童詩很快取得了主流地位，而且也因此起到台灣兒童文學界總體發展的激勵作用。

台灣兒童詩刊的出現，在主流地位的取得上，其功勞不僅不亞於「兒童詩」徵獎的影響，甚至還具有主導性的力量；因為主其事者，都具有理想的熱誠、主動積極凝聚人才，結合同好，從事點、線、面的導引工作和推廣的活動，並且定期提供發表園地及觀摩、切磋的機會。

從1977年4月，台灣兒童文學家林鍾隆創辦第一份兒童詩刊《月光光兒童詩集》，到1990年底，台灣兒童詩刊的全部消失為止，共出現下列五種兒童詩刊：

（一）《月光光兒童詩集》，1977年4月創刊（雙月刊），林鍾隆創辦，並任主編；採同仁制，創刊時有29位同仁。到1990年9月出版第59期後，改為《月光光兒童文學》。社址在中壢市。

（二）《大雨童詩刊》，1980年1月創刊（雙月刊），林芳騰、李國躍等共同創辦，同仁有10位；同年7月出版第三、四期合期後停刊。社址在板橋市。

（三）《風箏童詩刊》，1980年1月創刊（季刊，後為不定期），林加春等創辦；也採同仁制，同仁有14位；到1986年1月，出版第10期後停刊（第九期與停刊號相隔兩年三個月）。社址在鳳山市。

（四）《布穀鳥兒童詩學季刊》，1980年4月創刊，林煥彰、舒蘭、薛林發起創辦，林煥彰任總編輯；同仁從創刊時的87位發展為267位；到1985年10月，出版第15期後停刊。社址在臺北市。

（五）《滿天星兒童詩刊》，1980年9月創刊（季刊），洪中周、黃雙春（筆名風美村）創辦，也採同仁制；到1990年12月出版第15期（革新一號），改為《滿天星兒童文學》，成為以台灣中部地區作家為主所組成的「台灣兒童文學協會」的機關刊物。社址在台中市。

3.重要作家的崛起

兒童詩重要作家的崛起，也是台灣兒童詩形成主流地位的重要因素之一，因為他們不僅以優異的作品出現，更重要的是，他們同時也以本身的創作理念和豐富的經驗，建立了兒童詩的理論基礎；或系統的著述，或中肯的評論，以引導兒童詩的全面發展；更有的，不僅主掌了台灣兒童詩刊的重要編務，並經常受邀擔任講座，或在小學以課外活動時間從事教學，可說都具有主導性的作用。

在這一個時期崛起的台灣兒童詩的重要作家、理論家、教學者，有林良、黃基博、林鍾隆、徐守濤、詹冰、舒蘭、林煥彰、林加春、謝武彰、黃雙春（風美村）、林武憲、林仙龍、沙白、馮輝岳、杜榮琛、陳木城、劉正盛、陳玉珠（陳熒）、洪中周、李國耀、夏婉雲、洪志明、蔡榮勇、江洽榮、蕭秀芳等。

從1984年，台灣教育主管單位，通令全省各小學推動活潑生動教學方案後，各縣市寒暑假所舉辦的教師兒童文學研習活動，無不以童詩作為研習重點；而這些研習活動，也大多邀請了兒童詩的重要作家、理論家擔任授課工作，其影響和作用之大，是毋庸置疑的。

4.選集、個人專集及其論著的出版

兒童詩的選集、個人專集及其相關論著的出版，正是台灣兒童詩在這一階段的成果的具體展現，也是兒童詩取得主流地位的另一項有力的明證。

有了前述三個重要因素，促使兒童詩在台灣兒童文學中確立了主流地位：兒童詩的選集、個人專集及其相關論著，也就相對的受到出版界的青睞，給予出版的機會。根據個人初步統計，在這個時期所出版的選集、個人專集、論著，約有200種之多。

(1)在選集方面，較為重要的有：

《兒童詩集佳作選》、《蝴蝶飛舞》、《有翅膀的歌聲》、《自己編的歌兒》、《秋天的信》、《升旗》、《明天要去遠足》（以上均係「洪建全兒童文學創作獎」兒童詩類一至八屆得獎作品）；《童詩百首》、《兒童詩選讀》（爾雅版）、《台灣兒童詩選》（以上三本，均為林煥彰編選，後兩本純為兒童寫的詩作選；第一本有部分兒童作品，但成人作品約占百分之九十）；《童詩五家》（爾雅版）是林良、林煥彰、林武憲、謝武彰、杜榮琛的作品選集。

(2)個人專集方面，較為重要的有：

《媽媽的心・春》（第一屆「洪建全兒童文學獎」兒童詩類第一名黃基博、謝武彰之作品合集），《童年的夢》、《妹妹的紅雨鞋》（以上兩本為林煥彰獲中山文藝獎兒童文學類之作），《越搬越多》、《我們去看湖》（以上兩本為謝武彰所著，獲第六屆洪建全兒童文學創作獎兒童詩類推薦獎），《星星的母親》（林鍾隆）、《太陽・蝴蝶・花》（詹冰）、《時光倒流》（黃基博）、《春天的腳印》（謝武彰）、《壞松鼠》（林煥彰）、《娃娃的眼睛》（方素珍）、《心中的信》（陳木城）、《快把窗子打開》（林武憲）、《兒童詩》（林良）、《紫色的美麗》（蕭秀芳）、《星星亮晶晶》（沙白）、《童言》（江洽榮）、《大海的幻想》（馮輝岳）等。

(3)在論著方面，較為重要的有：

《怎樣指導兒童寫詩》（黃基博）、《兒童詩研究》、《兒童詩觀察》（以上兩本為林鍾隆所著）、《兒童詩論》（徐守濤）、《兒童詩的理論與發展》（許義宗）、《兒童詩欣賞與創作》（洪中周）、《季節的詩——兒童詩入門》（林煥彰編著）、《童詩開門》（陳木城等）、《兒童詩寫作與指導》（杜榮琛，增訂本改為《拜訪童詩花園》）、《快樂的童詩教室》（林仙龍）、《童詩的秘密》等。

形成兒童詩主流地位的重要因素即如上述，那麼，兒童詩主流地位的淡化或轉移，也自然而然的與上述因素的淡化或消失，息息相關。

隨著兒童詩刊的相繼停刊，或改為「兒童文學」雜誌，以及稍後一些重要的兒童詩作家改變創作重點，台灣兒童文學也較全面性的受到兼顧，台灣兒童詩經過七、八十年代各方面積極努力耕耘的結果，目前已相當普及，幾乎任何一個角落（包括離島、金馬地區）、任何一所小學、任何一個兒童刊物及報紙兒童版，都可以看到兒童詩的幼苗和花朵。

5.童話、少年小說主流地位的接替

台灣的童話和少年小說，在過去近半世紀中，不曾有過像70年代和80年代的兒童詩那樣造成風起雲湧的氣勢，而是一直保持著平平淡淡的演進，或自生自滅的發展，所以沒有引起特別的重視。依個人粗淺的觀察，其主要原因是：

這兩種兒童文學中的重要體裁，未被寫作者發揮出應有的獨特的文學魅力，極大多數的寫作者，對其作品本身的文學價值、自我要求不高，缺少認真創作的文學理想和文學藝術涵養的修煉功夫，始終沒有創作出劃時代的作品；其次是，從50年代到80年代活躍過的優秀作家，大多未繼續執著於童話或少年小說的耕耘，都只如曇花一現就消聲匿跡，能像林海音、林良、潘人木、蘇尚耀、蕭奇元、傅林統、黃郁文、朱傳譽、嚴友梅、林鍾隆、馬景賢、黃基博、康子瑛、黃海、馮輝岳、陳玉珠等，繼續堅守崗位，或參與兒童文學活動者，實在不多。

平心而論，在80年代以前的童話、少年小說作家群中，能留下具有代表性作品的，極為有限；單篇優秀之作，或可在每位作家作品集中，找到一二，但整本的優秀童話集或少年小說，就屈指可數了。就個人印象，在童話方面，大約只有嚴友梅的《小仙人》、《小鴨——佳佳》，林良的《兩朵白雲》，林海音的《林海音童話集》，黃基博的《黃基博童話》，謝新福的《龍愛扮家家酒》，張水金的《無花城的春天》，羅枝士的《陳明與小灰》，謝武彰的《彩虹屋》等；在少年小說方面，也只有林鍾隆的《阿輝的心》、《蠻牛的傳奇》，林良的《懷念》，黃郁文的《吉蘭島》，曾妙容的《春天來到嘉和鎮》，李雀美的《春珠村傳奇》，鄭清文的《燕心果》（部分童話）等。

不過，隨著兒童詩主流地位的淡化，加上大環境的轉變，以及新一代優秀作家的湧現，80年代中期之後的童話、少年小說，在台灣兒童文學中的地位，已經逐漸提升。

回顧最近幾年的發展，以及當前的若干跡象來看，童話和少年小說的主流地位已在形成中，相信順著這股熱潮的發展，在90年代台灣兒童文學中要接替主流地位，應無問題。

以下試就幾個可能加速促成童話、少年小說取得主流地位的有利因素，簡述如下：

(1)徵獎帶動寫作風潮

洪建全兒童文學創作獎雖然已宣佈停辦，但根據最後三屆童話類應徵件數來看，對童話寫作有興趣的人數已顯著增加。後來其他單位設置的有關獎項，如台灣省政府教育廳，自1987年起舉辦兒童文學創作獎，每年一次，除第一屆徵稿項目和應徵對象有所限制外，其後每年指定單項徵稿，重點放在鼓勵童話和少年小說（第二屆童話，第三、四屆少年小說，第五屆童話），其應徵件數，歷屆都高達200多件，可見其激勵作用之大。

與省教育廳同年設立的「東方少年小說獎」（東方出版社主辦），每屆分兩類徵稿，一是生活幽默類，一是科學幻想類；每屆評選委員只聘請一位，也是它的特色；每屆應徵稿件，也都在30件以上。應徵者不限於台灣地區作家。大陸作家已有常星兒、張雁、周銳等獲獎。

(2)出版機會增加

上述得獎作品，都可獲得主辦單位出版；除了有獎金的鼓勵，作品的出版，對作家來說，其意義和鼓勵的作用更大；所以出版機會的增加，對寫作者更具有激勵作用。尤其少年小說的篇幅較長，如中、長篇通常都在三五萬字以上，要想在一般兒童期刊或報紙兒童版發表，是十分困難的；如果沒有出版社給予直接出書的管道，寫作者是提不起興趣的。目前，台灣兒童讀物的出版社，出版童話、少年小說方面，有聯經公司、天衛出版社、富春出版社、文經社、九歌出版社等較為主動積極，雖然總的出版量不大，但以當前臺灣的創作量而言，勉強可以滿足幾位專業作家。此外，還有幾個出版社，也有意投入，如正中、幼獅、大地、自立報系出版部等；而一般兒童期刊、報紙兒童版，也經常提供發表機會，如《國語日報》、《兒童日報》、《民生報》、

《中國時報》、《民眾日報》、《新生報》、《新聞報》等，每週都有相當的版面。

(3)新一代崛起及受肯定

80年代後期崛起的一代作家中，已逐漸朝向專業化發展，比如辭去原有相當穩定薪資收入的工作，而當起專業作家來的，目前就有李潼、管家琪兩位，他們對童話、少年小說都極為擅長，寫得快也寫得好，年有佳作推出；管家琪曾經以半個月時間，完成一本歷史性的少年小說《小婉》，已由天衛出版社出版（最近又以三個月時間，完成一本偵探小說；還計劃到美國搜集有關「小留學生」的資料，作為她的下一本少年小說的素材，並已接受出版社預約）；李潼的新著《少年噶瑪蘭》，也是帶有歷史性的，以台灣鄉土人物生活背景，如一部史詩，也由天衛出版，獲得了相當的好評。此外，李潼的系列童話《阿魯的故事》，以當前臺灣現實生活為題材，每週一篇，在《中國時報》童心版刊載；有上百萬份的發行量，有很大的讀者群。雖然這樣的專業作家人數仍然不足以形成一股強大的寫作潮，但躍躍欲試的年輕作家，準備投入專業寫作行列的，也已有好幾位；而半專業性及業餘作家群的形成，同樣也具有促使童話和少年小說取得接替主流地位的力量；在這些作家群中，如：木子、嶺月、林方舟、黃海、陳玉珠、邱傑、陳啟淦、張如鈞、周姚萍、李錦珠、蔡宜容、柯錦鋒、王和義（陳木城）、曾春、王家珍、蘇紹連、杜榮琛、陳肇宜、耿惠芳、陳月文、徐仁貴、焦桐、馮菊枝、洪志明、劉丁財、張文哲、張嘉驊、唐琮、杜紫楓、陳璐茜（專業插畫家，也從事童話寫作）等，都已有相當出色的作品，其中大多曾是前述各類獎項的得主，受到相當的肯定，如黃海的《地球逃亡》、木子的《阿黃的尾巴》榮獲首屆「東方少年小說獎」；李潼的《順風耳的新香爐》、《恐龍星座》、《博士·布都與我》、嶺月的《老三甲的故事》、陳玉珠的《無鹽歲月》等，都是值得留意的佳作。如果他們都能保持積極的寫作精神，在90年代中，必定能為台灣的童話和少年小說締造主流的地位，使作品的質量同時提升。

(4)研習活動的配合

為了培養、激勵更多的人才參與，各種兒童文學研習活動、專題演講，也以童話和少年小說作為主要的研習課程；今年臺北市暑期教師兒童文學研習活動，就以童話為主；而其他縣市，也都安排綜合性的課程，不再以兒童詩作為重點，這也是近年來台灣兒童文學界一般發展的新趨勢，也算是一種比較有計劃的均衡發展吧！當然，這方面的研習活動，仍有待台灣兒童文學界的有識之士作主導性的規劃與配合，才能達到推波助瀾的功效。

6.本土化理論的需求與建設

台灣從事兒童文學理論研究方面的人才很少，80年代中期以前的，僅有幾位老一輩任教於師專院校的學者，他們與兒童文學創作者交往甚少，更談不上有何互動的關係；他們在師專院校所使用的教材，也大多老舊，一般觀念都來自相關的論著，滙集前人（尤其外國）的觀點多，來自親身閱讀作品的見解少，對兒童文學的體會認識，遠遠落在實際創作者的經驗、觀念之後。

從事兒童文學理論工作者，在師專院校任教的，約略可分為三代：第一代的有台南師專林守為、臺北市立師專葛琳、政治大學吳鼎，他們三位目前都已退休。林守為的著作有《兒童文學》（1964年初版）、《兒童讀物的寫作》（1968年）、《童話研究》（1970年）、《兒童文學賞析》（1980年），葛琳有《兒童文學創作與欣賞》（1980年），吳鼎有《兒童文學研究》（1965年）；他們的著作主要作為學校裡的教材，對創作界沒什麼直接的影響。

第二代的有臺北市立師專許義宗，省立臺北師專王秀芝，台中師專鄭蕤；屏東師專李慕如、徐守濤，文化大學葉詠俐，台東師專林文寶，新竹師專李麗霞，台南師專張清榮等；許義宗的著作有《兒童文學論》、《兒童閱讀研究》、《西洋兒童文學史》、《我國兒童文學的演進與展望》、《兒童詩的理論與發展》、《兒童文學名著賞析》、《兒童文學發展研究》，王秀芝有《中國兒童文學》，鄭蕤有《幼兒語文教學研究》，李慕如有《兒童文學綜論》，徐守濤有《兒童詩論》，葉詠俐有《西洋兒童文學史》，林文寶有《兒童詩歌研究》、《兒童文學故事體寫作論》等。

第三代的有臺北市立師院陳正治，國立臺北師院林政華、張湘君，文化大學雷僑雲，東海大學許建崑，新竹師院董忠司，台東師院洪文珍、吳英長、何三本，花蓮師院張子樟、杜淑貞，嘉義師院蔡尚志、宋筱蕙等；陳正治的著作有《中國兒童文學研究》（1988年），洪文珍有《兒童文學評論集》（1991年），杜淑貞有《兒童文學與現代修辭學》（1991年），蔡尚志、宋筱蕙有《兒童詩歌的原理與教學》（1986年）等。

從以上臺灣兒童文學理論教學工作者三代間的一些論著來看，第一代學者中，以林守為與創作界略有往來；而自第二代開始，部分學者才與兒童文學創作者有了較多的接觸，其中以許義宗、徐守濤、林文寶較為積極；而真正對本土作品投以關注的，則由第三代崛起後與第二代結合，才開始有了一些實質的研究；但仍有部分教師，認為台灣兒童文學作品好的太少，不足以作為學術研究的材料。

固然，學院中的理論教學者，在過去近半個世紀當中，他們培育了不少國小師資，但對兒童文學界的貢獻，無論是創作或理論，都極為有限。當今，台灣兒童文學界優秀的創作者及真正具有影響的人，似乎與學院的直接培養沒有決定性的關係。倒是，相對於學院的論著，以創作者享譽文壇的元老級兒童文學家林良、在1976年出版的《淺語的藝術》（國語日報社版）一書，其影響所及，還包括了學院許多年輕一代的學者。

在台灣，一般有關兒童文學散論方面的文章，大多以《國語日報・兒童文學週刊》為主要發表園地，其影響相當全面，舉凡關心兒童文學者，都會留意這份專業性的副刊；它創刊於1972年4月，第一任主編馬景賢，第二任主編（現任）張劍鳴；每一百期合訂為一輯，現已出八輯，仍繼續發刊。它的內容包括：總論、童話、詩歌、神話、寓言、童謠、小說、故事、戲劇、插圖、寫作研究、兒童期刊、評介、文學批評、圖書館、閱讀指導、參考資料、各國兒童文學、社團活動等有關論述文章；作者以非學院的創作者居多，重要作家有：林良、林桐（傅林統）、曾信雄、林鍾隆、黃基博、蘇樺（蘇尚耀）、知愚（馬景賢）、徐正平、藍祥雲、林煥彰、林武憲、陳正治、許義宗、黎亮、趙天儀、曾妙容、邱阿塗、黃郁文、野渡、徐紹林、羅枝土、王萬清、張水金、羅悅玲、丁羊、馮輝岳、鄭明進、黃瑞田、謝武彰、吳當、游復熙、葉詠俐、劉正盛、洪中周、范姜春之、張劍鳴、鄭石棟、蕭蕭、林清泉、朱秀芳、蒲子、安珂、杜榮琛、華霞菱、彭震球、蔡惠光、丘陵、嶺月、陳宗顯、木子、溫士敦（洪文瓊）、邱各容、林玲、李潼、林月娥、張清榮、駱梵、陳木城等，雖然都是散論式的文章，卻與當代本土兒童文學的脈動息息相扣，甚至也報導了一些國外的訊息。其中，傅林統出版的《兒童文學的思想與技巧》（1990年）一書，就是他在這塊園地所發表的重要文章的結集，分基本篇、圖畫故事篇、童話篇、小說篇、童詩篇、戲劇篇、知識讀物篇、綜合篇等，足見相當完備和珍貴。其他如曾信雄的《兒童文學創作選評》（1973年），評介活躍於60年代和70年代的一批作家的作品。1975年，他又出版了《兒童文學散論》。還有邱阿塗的《兒童文學的新境界》（1981年）、藍祥雲的《兒童文學漫談》（1987年）等，雖不是什麼嚴謹的論著，對於當時台灣兒童文學的耕耘與播種，都已盡到催耕、鼓舞的作用。

台灣兒童文學理論本土化的建樹，實在起步得太晚，直到80年代中期，由於中華民國兒童文學學會的成立，各師專升格成為師範學院，兒童文學語文科的課程也從選修改為語文教育系共同必修以後，以及來自兒童文學創作界的衝擊，才逐年有了一些具體研討活動及叢刊或專輯的出版，以本土兒童文學作品作為評論對象的論文，也才開始出現。

1984年12月，中華民國兒童文學學會成立，以兒童文學創作、插畫界為主，結合一些學院的人士及兒童文學工作者群體的力量，開始從事兒童文學創作研習、論文討論及作品研討的工作；每年出版一本《兒童文學研究叢刊》，已出版《認識兒童文學》（1985年）、《認識少年小說》（1986年）、《認識兒童讀物插畫》（1987年）、《認識兒童戲劇》（1988年）、《認識兒童期刊》（1989年）、《認識兒童詩》（1990年）、《認識兒歌》（1992年）等，並且也做了一些史料的整理，出版《兒童文學史料叢刊》三種，包括《兒童期刊目錄滙編》（1989年）、《兒童文學大事紀要》（1991年）、《華文兒童文學小史》（1991年）及兒童戲劇研習營成果手冊《我們只有一個太陽》（1989年）。

學院的兒童文學學術研討活動，到1989年5月才開始舉辦，同時出版《兒童文學學術研討會論文集》，在12篇論文當中，第一次看到有新竹師院董忠司的《童話城用韻研究》、台東師院洪文珍的《談童話與少年小說的批評》兩篇，是以本土作品作為探討研究的對象，其餘仍然以外國兒童文學作品、理論及舊有的觀念為主。接下來每年舉辦一次研討會，對本土作品的討論才逐漸增多。1990、1991年度的研討會，以兒童詩歌、少年小說為主，才出現了真正以本土作品為研討重點；今年6月的這次研討會，便有花師張子樟就李潼的少年小說《少年噶瑪蘭》所作淺析討論——「從歷史與閱讀趣味看少年小說」。這樣的現象，雖然直到90年代的第二年才出現，但還算是一道美好的曙光。

縱觀上述台灣兒童文學理論研究的一般發展狀況，90年代台灣兒童文學理論本土化的建樹，仍然有賴於學院與非學院兩股力量的滙集、結合，發揮彼此不同的見解與專長，互為激勵；並且，從事創造與學術研究者，應該摒棄本位主義的優越心態，密切進行互動的學術交流工作，使本土化的理論建設能真正落實在對本土兒童文學作品的實際整理、閱讀、探討和研究上；一方面，創作者自我要求努力創作更多更好更新的作品，另方面，學者也更認真地不僅努力閱讀相關的論著，更要留意當今世界各國新的兒童文學作品，同時大量閱讀本土作家的作品，確實掌握整個兒童文學的脈動及其發展的流向。唯有實際的大量閱讀本土作家的作品，給創作者以應有的關照、尊重和肯定，進而從事本土作品的嚴肅批評（創作者需要善意的批評和鼓勵），或更進一步對某些已有成就的作家進行作品論或作家論，當代學術理論的研究才能真正落實，並提升學術研究的成果。

7.兩岸交流與學術研究的發展

從以上臺灣兒童文學近20年來的概略發展，由兒童詩主流地位的形成、轉移，再到童話、少年小說主流地位的接替，以及本土化理論需求與建設等等發展跡象來看，90年代的來臨，對台灣兒童文學的發展，是一個重要的轉折期，也是歷史上前所未有的一個重大衝擊和轉變的契機。

從1991年開始，台灣兒童文學界不約而同地相繼出現了三個兒童文學雜誌，對台灣兒童文學界的再出發，具有相當大的象徵意義，也蘊含著台灣兒童文學處於重大轉折期之際，具有主導性的意味。

首先是，由筆者個人憑借對兒童文學的執著和愚力，排除種種困難，毅然創辦的《兒童文學家》雜誌（季刊，1991年1月創刊），希望接續80年代初期創辦《布穀鳥兒童詩學季刊》時的理想、經驗和信心，進一步推動台灣兒童文學更上一層的工作，使台灣兒童文學的學術理論工作能有所進展，並適當地關照兒童文學作家、作品，給予應有的肯定和尊重；同時也由於它的定期出版，提供兩岸兒童文學作家有機會在同一個園地（刊物）上，建立良好的學術合作基礎，並進行與海外華文兒童文學界取得實質的交流。無論從作家的聯繫、內容的規劃與安排，在已出版的七期當中，這份刊物已初步獲得了兩岸及海外華文兒童文學界普遍的肯定和支持，相信《兒童文學家》的存在，不只對台灣兒童文學界會有一定的激勵作用，對整個中華民族的兒童文學事業，也必將會有一定的貢獻。

其次是，由林鍾隆主持的《台灣兒童文學季刊》，1991年2月創刊，標榜的是「台灣的」精神。

接著的是，由鄭文山負責的《兒童文學雜誌》（雙月刊），1991年12月出版第一期，在此之前，曾推出試刊號四期。

加上原有的《滿天星兒童文學》（季刊），台灣目前擁有的這四份標榜「兒童文學」的期刊中，以《兒童文學家》、《台灣兒童文學季刊》和《滿天星兒童文學》其主導者較重文學理想，尤其《兒童文學家》以理論為主，並富於計劃性和開創性；後兩種則作品多於理論，而文學主張也著重在「台灣的」意識形態上；至於《兒童文學》雜誌，它是一片溫和、開放的園地，重視兒童文學本位，是一塊兒童文學的淨土。

隨著兩岸兒童文學的交流，對正好處於重大轉型期中的台灣兒童文學，與大陸兒童文學理論、研究方面的著作，也已經產生了相當作用的衝擊；由於兩岸兒童文學的交流，相關學術研究的民間團體「中國海峽兩岸兒童文學研究會」的成立，在推展兩岸兒童文學的學術研究工作，從近三、四年來交流的穩固基礎上，對往後的互助、合作的機會，將有較大的遠景；而初步的研究工作，在台灣，已經有杜榮琛的《海峽兩岸現代兒歌研究》（1990年12月）、《海峽兩岸兒童詩比較研究》（1991年6月），及《兩岸現代寓言初探》等成果；以及張清榮《童話美學初探——以〈金色的海螺〉為例》和陳又新的《〈王許威武〉中的師生關係》等專論；在大陸，則有中國社會科學院當代文學所等學術單位，於今年6月7日在北京舉行了一整天的「林煥彰兒童詩研討會」，提出20篇相關論文。

至於從1989年8月，由台灣「大陸兒童文學研究會」七位成員首航開向安徽、上海、北京之後，三年來，我們又陸續在長沙、海口、北京、天津、昆明、廣州等地多次進行了廣泛的交流，參加了童話、少年小說、理論的研討會，在積極懇切的交流中，兩岸兒童文學界已建立了多種暢通的管道，並多方探討有關學術研究及作品合作出版的可能性，這對90年代台灣兒童文學邁向21世紀的繁榮發展中，必定會有相當的互動和激勵作用，為未來世界華文兒童文學的繁榮興盛，提前揭示了一道希望的曙光。

附錄

80年代以來海峽兩岸兒童文學的交流／王泉根

台灣文學是中國文學的一個重要支脈，台灣兒童文學是中國兒童文學不可或缺的組成部分。當代台灣文壇湧現了一大批兒童文學作家，創作了許多具有鮮明民族風格和濃郁的台灣地方特色、風格流派異彩紛呈的優秀作品，極大地豐富了中國兒童文學。但是，由於歷史的原因，40年來海峽兩岸阻隔，兩岸的小讀者都不能讀到彼岸的兒童文學。40年的阻隔終於在80年代開始解凍。隨著兩岸往來的進展，海峽兩岸的兒童文學交流呈現出日趨頻繁的勢頭，無論在出版、評論、評獎、徵文、訪問等方面，都有明顯的發展。「中國兒童文學要提升，兩岸兒童文學要交流，世界華文兒童文學要發展。」這已成為兩岸兒童文學界越來越強烈的共識。為中華民族未來一代服務的責任感與那一顆顆未泯的童心，使兩岸兒童文學同行們的心越靠越近。

一

海峽兩岸兒童文學的交流在80年代中期就已開始，但當時還處於一種「隔海相望」的狀態。1985年4月，上海《兒童時代》雜誌開闢了「台港兒童文學」專欄，這是大陸第一個介紹台灣、香港兒童文學的視窗。一些報刊，如《兒童文學》、《兒童文學選刊》、《台港文學選刊》等，也陸續刊載了台灣兒童文學作品。大陸還出版了一些台灣兒童文學作品選集，如兒童詩就有三種：黃慶雲編《台灣兒童詩選》（重慶出版社1987年3月出版），達應麟、石四維編《台灣兒童詩選》（上海少年兒童出版社1987年11月出版），香港藍海文選編《台灣兒童詩選》上下冊（湖南文藝出版社1988年8月出版）。大陸出版的一些研究台灣文學的史著，也涉及到台灣兒童文學。如1986年9月廣西人民出版社出版的《台灣當代文學》（王晉民著）第七章「林海音的小說」，專列一節探討了林海音《城南舊事》的思想藝術特色及兒童形象；1987年12月遼寧大學出版社出版的《現代台灣文學史》第24章第2節「70年代鄉土詩運動和重要詩社」介紹了林煥彰的兒童詩創作。1989年5月人民文學出版社出版的《台灣新詩發展史》（古遠清著）第14章第6節也介紹了林煥彰等的兒童詩。在台灣，1988年9月11日，由林煥彰、謝武彰等發起的「大陸兒童文學研究會」正式成立，並定期出版《會刊》。台灣兒童文學文獻研究家邱各容赴大陸參加「中華文學史料學研討會」，並在上海與有關兒童文學史料工作者胡從經及童話作家洪汛濤商談兒童文學交流事宜。台灣兒童詩人陳木城從美國、加拿大、日本等地搜集了200多種大陸兒童文學讀物，帶回台灣，與「大陸兒童文學研究會」一起展開有計劃的研讀探討活動，並自1988年起，先後與《文訊》雜誌、《書香廣場》雜誌、東方出版社合辦了三次有關大陸兒童文學的座談會。陳木城還在《東方書訊》開設了「大陸兒童文學掃描」專欄，在《兒童文學學會會訊》上發表了〈大陸兒童文學重要論述簡介〉。杜榮琛也在《台灣時報》、《民眾日報》等開闢童話、詩歌選讀專欄，介紹大陸兒童文學。

在中國當代兒童文學史上，1989年無疑是一個值得關注的界標。這一年的元月，北京《兒童文學》、上海《少年文藝》等大陸多家報刊與台灣剛剛創刊的《小鷹日報》聯合舉辦「中華兒童文學創作獎」的徵文評獎活動，這是兩岸兒童文學界第一次直接開展的交流，雖然當時還是依靠郵路傳遞，鴻雁往返的。同年3月24-25日，香港兒童文藝協會與香港作家聯誼會聯合主辦「兒童文學研討會」，邀請大陸、台灣兒童文學作家出席。林煥彰、謝武彰、陳信元、方素珍、葉鳳嬌等五位台灣作家與黃慶雲、小啦等大陸作家在香港聚會（依據原定名單，大陸尚有陳伯吹、張錫昌、李仁曉、李楚城、關夕芝等13位作家，可惜，因為簽證關係，他們都來不及與會。但他們提交的論文均刊登在《研討會報告書》上），這是兩岸兒童文學作家的首次見面，但是地點不在大陸而是借助香港。

香港的聚會為兩岸兒童文學交流提供了新的契機。作為台灣兒童文學著名作家與活動家的林煥彰，旋即在《聯合報》策劃了「兩岸兒童文學大集合」為主題的活動，4月3-4日，《聯合報》副刊連續兩天刊登大陸作家黃慶雲、樊發稼、洪汛濤、聖野、孫幼軍、葉永烈和台灣作家林良、馬景賢、鄭明進、謝武彰、李潼、陳木城的作品與文論，並刊登了作者的照片。這是大陸兒童文學作家首次在台灣傳播媒體的群體亮相。同年8月，「大陸兒童文學研究會」會長林煥彰率領謝武彰、杜榮琛、陳木城、方素珍、李潼、曾西霸一行七人，飛赴大陸訪問。他們除拜會冰心、陳伯吹、嚴文井、葉君健等中國兒童文學泰斗作家外，還先後與安徽、上海、北京等地的兒童文學界進行學術交流。8月12-13日，在安徽合肥舉行「皖台兒童文學交流會」；17日，在上海師範大學舉行「台灣上海兒童文學交流會」；21日，在北京文化部舉行「台灣北京兒童文學交流會」。這是突破40年來兩岸兒童文學長久隔閡的局面，第一次坐在一起進行的面對面心交心的懇談、溝通與對話。「1989第一次坐在一起進行的面對面心交心的懇談、溝通與對話」、「1989夏季之旅」無疑是海峽兩岸兒童文學界的歷史性會見。

1990年，溫馨的5月花季，由湖南作家協會《小溪流》文學雜誌社主辦的、在長沙——南嶽衡山召開的「首屆世界華文兒童文學筆會」上，這樣的懇談、溝通與對話，內容就更深入，更豐富了。來自台灣的作家、畫家林煥彰、桂文亞、洪文瓊、陳衛平、沙白、方素珍、邱傑、歐陽林斌、洪義男、林鴻堯、蘇榮芳、周慧珠等，來自美國的作家陳永秀、木子等，來自新加坡的作家洪生、南子、林錦、秦林等，與來自大陸京、滬、津、湘、渝等地的作家欣然相會。50餘位清一色的華人兒童文學工作者，濟濟一堂，共論世界華文兒童文學的優勢與現狀，共商發展世界華文兒童文學的方略與對策。台灣作家分別宣讀了〈台灣兒童文學的創作現狀〉（林煥彰）、〈近四十年台灣兒童期刊發展綜合分析〉（邱傑）、〈兒童詩的探索〉（沙白）等論文。大陸作家則興致勃勃地縱論了近10年大陸兒童文學蓬勃發展的局面及面臨的挑戰。「客串」兒童文學的著名老作家峻青，面對此情此景，激情難抑，當即在會場上賦詩吟誦：「盛會空無前，三湘有新詩。衡嶽同根樹，海隅連理枝。童心千秋在，文苑萬里馳。繁花已似錦，來日更可期。」

是啊，同是炎黃子孫，同用方塊字寫作，用不著翻譯，也用不著注釋，兩岸的兒童文學作品即可直接交流，兩岸的小讀者彼此喜歡兩岸作家寫的童話、童詩、散文、小說。童心畢竟是相通的，更何況炎黃子孫們的童心！隨著兩岸兒童文學交流的日漸深入，《人民文學》、《兒童文學》、《東方少年》、《小溪流》、《兒童文學選刊》等大陸多家報刊相繼刊發了更多的台灣兒童文學精彩之作，大陸的一些中小學語文、作文類雜誌，也發表了不少台灣中小學生的優秀作文；《文藝報》、《兒童文學研究》、《兒童文學評論》及一些大學學報，發表了一系列探討台灣兒童文學的論文，如〈台灣兒童文學鳥瞰〉、〈台灣兒童文學概況〉、〈讀台灣「三林」的兒童詩〉、〈評台灣中篇兒童小說「昨天的故事」〉、〈沙白與童詩〉、〈台灣的兒童詩〉、〈台灣兒童文學概況〉、〈大海那邊的奇葩〉、〈多彩多姿的台灣校園劇〉、〈林良先生的「你幾歲」〉等。林良、林海音、馬景賢、林煥彰、桂文亞、謝武彰、陳木城、鄭雪玫、杜榮琛、林武憲、邱各容、洪文瓊、方素珍、沙白、陳衛平、葉詠俐、木子、邱傑、李潼、黃基博、黃海、帥崇義、李雀美、陳玉珠、林文寶、林加春、邱可塗、洪文珍、曾西霸、薛林、管家琪、徐守濤、陳正治、傅林統、曹俊彥、楊平世、丁淑卿、夏婉雲、林月娥、洪中周、蘇尚耀、趙天儀、郁化清、雷僑雲……一個個陌生的名字，逐漸為大陸兒童文學界與小讀者所熟悉。1991年，第一本精選當代台灣兒童文學作家的作品集《台灣兒童文學》，由安徽少年兒童出版社出版，該書作品大多由台灣「大陸兒童文學研究會」提供。1992年，第一本由大陸、台灣、香港兒童文學家合作編撰的《中國當代兒童文學作家小傳》也由湖南少年兒童出版社出版，這是搜集最為齊備的兒童文學作家傳略專書。這些均是兩岸合作交流的產物。雖然大陸報刊過去也曾刊發過台灣的兒童文學，但介紹的作家之多，作品之富，則以1989年以後為甚。

在彼岸，1989年台灣出版界幾乎同時推出了《中國傳統兒歌選》（蔣風編）、《兒童文學》（祝士媛編著）、《童話藝術思考》（洪汛濤著）、《兒童詩初步》（劉崇善著）、《大陸兒童詩選》等一批大陸兒童文學作品與論著。《國文天地》、《國語日報》等雜誌報刊先後評介了《現代兒童文學的先驅》、《中國兒童文學十年》、《中國現代兒童文學文論選》等大陸近年出版的兒童文學重要論著。由台灣「中華民國兒童文學學會」策劃編撰的《1945-1990華文兒童文學小史》（1991年5月初版，以上兩書均由洪文瓊主編），以專文形式刊登了〈四十年來大陸的兒童文學發展〉（陳信元）。1990年4月，林煥彰再次在《聯合報》

副刊上策劃以「兒童文學發展的新趨勢」為主題的筆談，首次邀集大陸、台灣、香港、美國、菲律賓的兒童文學作家撰稿、大陸有班馬、王泉根的文章。

二

「認識大陸兒童文學」，這是近年台灣兒童文學界經常開展的一項活動，也是彼岸兒童文學界的一句「熟語」。1991年初，在台灣兒童文學界召開的一次創作研討會上，島內100多位作家、學者就兩岸兒童文學進行比較，討論如何賦予兒童文學交流精神，提高創作素質。小說作家李潼在〈台海兩岸兒童文學交流近五年的回顧與展望〉一文中認為，近五年的「交流現狀」大致有10個方面，其中有：「作家與作家間試探性、重點式感情交誼：兩岸作家在初期接觸中，皆表現高度善意與熱誠，即使討論會也以認識交誼為主要，此一現象可視為初期接觸自然狀況。」大陸兒童文學理論作品進入台灣，造成理論研究界良性刺激……台灣理論研究者的精神因此獲得鼓舞。「單篇作品的發表量，大陸兒童文學作品在台灣發表超過台灣作品在大陸刊載。」引介大陸兒童文學、研究大陸兒童文學，已逐漸成了台灣文壇的一個熱門話題，其原因誠如台灣學者陳衛平所說：「過去中國人不大珍惜的傳統特色，事實上才真正是世界舞臺上最能引人注目的貨色。所幸大陸兒童文學作家普遍具有充沛的創作慾望，保存中華文化的特質……大陸兒童文學作品在台灣露面的機會益見頻繁，未來或將形成大勢所趨。」

特別值得一提的是，近年兩岸兒童文學界還互相進行頒獎活動，表彰對兒童文學事業作出貢獻的作家與優秀之作。1989年5月，大陸童話作家洪汛濤的新作《神筆馬良》獲台灣第一屆「楊喚兒童文學獎」的「特殊貢獻獎」。該獎係為紀念台灣現代著名詩人楊喚對兒童文學的傑出貢獻、推進世界華文兒童文學的發展而創設。1990年5月，兩位大陸青年作家、學者——上海周銳的童話《特別通行證》與重慶王泉根評選的《中國現代兒童文學文論選》同時獲得第二屆「楊喚獎」與「特殊貢獻獎」。1991年，周銳又獲台灣第四屆「東方少年小說獎」，北京羅辰生的〈大雜院〉獲第十三屆「聯合報文學獎中篇小說獎」。1992年2月，周銳再次獲台灣第五屆「信誼幼兒文學獎」。同樣，台灣作家的作品也在大陸獲得好評。1990年6月，台灣詩人林煥彰的兒童詩〈小貓〉獲得第九屆「陳伯吹兒童文學獎」，同時獲獎的還有一位台灣小朋友許惠芳作品〈我看書，書也看我〉。1991年9月，台灣作家桂文亞的散文〈江南可採蓮〉、謝武彰的童話〈池塘真的會變魔術嗎？〉同時獲第十屆「陳伯吹兒童文學獎」。1992年12月，台灣作家李潼的長篇少年小說《少年噶瑪蘭》獲第三屆「宋慶齡兒童文學獎」二等獎。

在推進兩岸兒童文學交流方面，台灣著名詩人、兒童文學家林煥彰作了不少實質性的努力。1988年9月，他在臺北倡議發起成立「大陸兒童文學研究會」，次年領隊首訪大陸。1990年5月又率台灣作家赴長沙參加「首屆世界華文兒童文學筆會」。1991年，他以每期提供3萬元新台幣的經費，創辦了一份兒童文學的《兒童文學家》季刊。該刊主要為促進海峽兩岸的兒童文學交流與世界華文兒童文學的發展提供發表園地。1991年春季號發表了介紹雲南兒童文學的論文〈太陽島作家群的形成〉（吳然）；春季號與夏季號推出兩岸作家的專題筆談「兒童文學的遊戲精神」，大陸有尹世霖、孫建江、孫幼忱、蓋壤、蔣風、班馬、湯銳、王泉根等的文章；夏季號還以32頁的篇幅，全面介紹北京著名童話作家孫幼軍的生平與創作。秋季號與冬季號的「安徒生專輯」中發表了陳伯吹、韋葦、洪汛濤、班馬、馮君、侯辛華、韓進、小啦等的文章。冬季號的「華文兒童文學的世界觀」專欄，刊登了陳伯吹、任大霖、洪汛濤、蔣風、吳珹的文章。1992年秋季號又全面介紹了雲南著名動物小說作家沈石溪及其創作。1993年春季號介紹了大陸新潮兒童文學前衛作家班馬及其創作歷程。此外，該刊還發表大陸兒童文學的理論、創作、資訊與兩岸作家書簡等。林煥彰創辦、主編的《兒童文學家》已成為兩岸兒童文學交流的一個重要視窗。

1991年9月15日，台灣「中華民國兒童文學學會」召開「兩岸兒童文學交流」專題座談會，這是自兩岸兒童文學交流以來台灣最重要的一次會議，該學會在《會訊》7卷5期上以23頁的篇幅，全文刊登了討論紀錄。學會理事長鄭雪玫的座談會總結時說：「這個座談會收穫很大，我們獲得一個共識，兩岸兒童文學的交流勢在必行，而且應該加快腳步。但應該怎樣做呢？每個人都有責任朝這個方向努力，並盡量溝通。」《會訊》主編洪文瓊在〈兩岸兒童文學交流的深層思考〉一文中，就有關實質層面的交流提出了自己的看法，他認為：「當前的兩岸兒童文學交流已不是要不要的問題，而是如何參與的問題。」、「交流的目的，不僅止於雙方交換出版品、資料和訊息，或互相邀訪而已，更重要的應是雙方能夠互相交換兒童文學的創作理念和技巧、兒童文學研究方法和觀點，以及兒童讀物的編輯理念和技巧，也即是所謂思想的交流。而也唯有進展到兒童文學工作者的思想交流，才能對兩岸的兒童文學發展起積極的作用。它的達成，必須在兩岸都掌握了對方相當的資料，而且有不少專家學者作了基礎性的評介與研究才有可能……不論兩岸兒童文學採取何種方式交流，經久性對對方對自己的資料（包括作品與研究論著等）加以系統整理或評介，都是最根本的要務。」

三

進入1992年以後，兩岸文學交流出現了又一波新的勢頭，兩岸作家頻頻聚會，把兩岸兒童文學交流推向了一個新的高度。

這年3月，湖南少年兒童出版社與海南出版社在海南島舉行「華文幼兒文學研討會」，大陸作家與來自台灣的林煥彰、謝武彰、曹俊彥及新加坡作家與會，探討了華文幼兒文學的現狀與發展前景。5月3日，台灣16位兒童文學作家飛赴北京，開展系列交流活動。這16位作家中，有寫過《城南舊事》的著名女作家林海音，有台灣老一代兒童文學作家、理論家林良、馬景賢、潘人木，有成績斐然的台灣中青年兒童文學作家、詩人、評論家林煥彰、桂文亞、陳木城、陳衛平、沙永玲、方素珍、黃海、管家琪、周慧珠等。這是自兩岸兒童文學交流以來，前往大陸訪問的名家最多、陣容壯大的台灣兒童文學作家隊伍。

台灣作家一到北京，即與大陸作家開展了一系列交流活動。5月4日，北京作家與台灣作家舉行了「童話研討會」。台灣作家分別作了〈「童話」定義的探索〉（林良）、〈童話創作在台灣〉（馬景賢）、〈漫談四十年來為兒童寫作的經驗和心得〉（林海音）、〈童話是試「心」石》（桂文亞）、〈變變變〉（方素珍）、〈什麼是童話〉（管家琪）等的報告，北京作家則興致勃勃地縱論了近10年來大陸童話創作蓬勃發展的局面以及新的藝術特色與美學追求。5月5日，中國和平出版社舉辦了由台灣女作家沙永玲主編的《台灣名家童話選》首發式。兩岸作家還舉行了作品展覽與聯誼活動。

5月6日，中國社會科學院文學研究所當代室、台港室與中國兒童文學研究會、安徽少年兒童出版社在社科院聯合召開「林煥彰兒童詩研討會」，大家就林煥彰兒童詩的美學追求、藝術品位、兒童情趣、詩歌的意象和繪畫性、音樂性、節奏感，以及海峽兩岸兒童詩的比較等問題進行了熱烈討論。林煥彰激動地說，這是他參加的一次研討最為認真、學術品位相當高的會議。

5月7日，台灣作家來到天津，當天下午與次日上午，參加由天津《兒童小說》編輯部主辦的「少年兒童小說研討會」。台灣作家林煥彰、桂文亞、陳衛平、潘人木、黃海、沙永玲等分別作了題為〈為誰寫作？寫給誰看？〉、〈精確掌握少年兒童的心理發展〉、〈變局下的兒童文學〉、〈兒童小說裡的Do Re Mi〉、〈鳥瞰創作四十年，純真心靈繪童夢〉、〈台灣兒童歷史小說的新潮流〉等報告，天津作家則暢談了近十年天津以及大陸少年兒童小說創作的新趨向、新特點與新人新作，介紹了《兒童小說》雜誌的辦刊經驗體會。

5月11日是這次兩岸兒童文學交流的高潮：由臺北《民生報》、河南海燕出版社、北京《東方少年》雜誌社聯合舉辦的「1992年海峽兩岸少年小說、童話徵文新聞發布會」在北京建國飯店隆重熱烈舉行，全國人民代表大會常務委員會副委員長雷浩瓊到會並接見了三方負責人。首都新聞界、文學界、出版界二百餘人參加，並出席了中午的酒會。新聞發布會由台灣著名女作家、臺北《民生報》兒童組主任、美國《世界日報》兒童版主編桂文亞主持。《民生報》社社長黃年、河南海燕出版社社長張明武、北京《東方少年》雜誌社主編宋汎分別致詞，就這次兩岸兒童徵文活動的目的緣起、徵文內容要求、評選方式、贈獎出版等作了充分介紹。三方負責人一致指出：「繁榮中華民族兒童文學創作，促進海峽兩岸兒童文學界的交流和友誼，並提供更好的精神食糧給少年兒童，是我們海峽兩岸兒童文學寫作者及工作者共同心願。」

北京的新聞發布會結束後，作為這次徵文活動台灣方面的總策劃桂文亞，旋即赴成都、重慶、武漢、廣州等地（新聞發布會前已去過上海）進行鼓吹、組稿。此次徵文自7月1日開始；到8月15日止，共收到大陸地區少年小說304篇、童話315篇，台灣地區少年小說74篇、童話115篇，合計808篇。經過嚴格的初選、複選，最後，由兩岸兒童文學界（大陸）樊發稼、浦漫汀、任大霖、孫幼軍，（台灣）林良、潘人木、羅青、林載爵等八人組成評委會投票表決，於11 月13日在北京公佈評選結果。其中，少年小說類有曹文軒的〈田螺〉等五篇獲優等獎，武振東的〈大俠阿狗〉等10篇獲佳作獎；童話類有楊紅櫻的〈尋找快活林〉等10篇獲獎，獲獎作品均由兩岸同步結集出版。這次徵文是兩岸兒童文學交流以來規模最大的一次活動，對於促進兩岸兒童文學的交流和發展產生了積極的影響。

1992年的徵文活動開始以來，兩岸兒童文學的交流進一步加快了進度，出現了一些新的現象，這主要有：

1.1992年7月，昆明兒童文學研究會等單位在昆明召開「昆明臺北兒童文學交流會」，台灣有林煥彰、謝武彰、陳木城、杜榮琛、帥崇義、曾西霸等10位作家赴會。昆明交流會議後，林煥彰、陳木城等數人又赴廣州參加「中國兒童文學研討會」，與大陸作家展開學術交流。

2.1992年6月7日，臺北成立「海峽兩岸兒童文學研究會」，由林煥彰出任理事長。同年9月20日，該研究會又成立了史料、理論、童話、詩歌、散文、戲劇、科普、圖畫、幼兒文學及出版等11個專門研究委員會，針對兩岸兒童文學展開實質性的學術交流研究工作。

3.台灣聯經出版公司先後出版了大陸作家周銳的童話集《特別通行證》、張秋生的童話集《小巴掌童話》、李昆純的散文詩集《怕癢樹》以及北京小作者葛競的童話集《肉肉狗》等一批作品。由一家出版社在短期內連續推出大陸兒童文學作品集，這在海外是不多見的。

4.兩岸兒童文學界企盼多年的「海峽兩岸兒童文學研討會」於1993年8月在四川溫江召開。為迎接這次盛會，四川少年兒童出版社與台灣民生報社在兩岸同步出版《海峽兩岸兒童文學選集》叢書。大陸兒童文學家陳伯吹先生、台灣兒童文學家林良先生分別為叢書作序，其中的「大陸童話卷」、「大陸童詩卷」、「台灣童話卷」、「台灣童話卷」已率先與兩岸小讀者見面。林煥彰、桂文亞、謝武彰、杜榮琛等16位台灣兒童文學作家、理論家與來自大陸北京、上海、廣東、浙江、四川等地的35位同行，就兩岸兒童文學的創作現狀與理論研究，尤其是關於童話、兒童詩的問題，進行了熱烈的比較、探討。這次會議在兩岸兒童文學界產生了積極影響，被譽為是繼1990年長沙「首居世界華文兒童文學筆會」以後的第二次盛會。

童心總是相通的。同是炎黃子孫，書同文，語同音，習同俗，行同倫，「我們是相同的血緣共有一個家，黃皮膚的旗幟上寫著中華」。在走向21世紀的進程中，海峽兩岸兒童文學的交流必將更加調適、豐富、活躍，世界華文兒童文學必將更加繁榮、發達！

（原載王泉根評選《中國當代兒童文學文論選》1996.7.廣西接力版）

注釋

1. 台灣著名元老級兒童文學家林良，把1949—1990年的台灣兒童文學的發展，以10年為一個時期分為：第一個10年（1949—1960），是「再播種期」，也可稱為「改寫時期」；第二個10年（1961—1970），是「再吸收期」，也可稱為「翻譯時期」；第三個10年（1971—1980），是「再生長期」，也可稱為「創作時期」；第四個10年（1981—1990），是「茁壯期」。
2. 1974年是台灣光復以來，第一個民間所辦的兒童文學獎——洪建全兒童文學創作獎徵獎的開始，筆者認為它是「推動成人為兒童寫詩的獎」，具有劃時代的意義。80年代末期，台灣所有的兒童詩刊已全部停刊，或改為兒童文學雜誌。
3. 第一屆應徵稿件，圖畫故事類4件、少年小說類40件、兒童詩類115件（每件規定20首以上）。童話類30件，共計189件；兒童詩約占60.8％。
4. 此處所指五種兒童詩刊，均係對外公開發行，一般校際性刊物不包括在內；台灣校際性的兒童詩刊，據筆者所知，林仙龍在高雄市任教的兩所小學（前鎮、龍華）中，曾先後創辦過兩份童詩刊（即《鈴鐺》和《快樂島》，以發表校內學生作品為主）。
5. 有關《布穀鳥兒童詩學季刊》的介紹，筆者曾撰〈《布穀鳥》與台灣兒童詩——《布穀鳥》兒童詩學季刊的存在及其影響〉約一萬字，發表於1989年8月出刊的《大陸兒童文學研究會會刊》第三期。

6. 第十六屆64件，第十七屆68件，第十八屆57件。
7. 第一屆由各縣市評選後滙報，件數欠詳；第二屆62件，第三屆170多件；第四屆180多件，第五屆264件。
8. 台灣目前有九所師範學院（1987年升格），未升格前為師範專科學校，簡稱為師專。
9. 《童話城》是女詩人蓉子唯一的一本童詩集，1967年4月臺灣書店出版。
10. 以原有的「大陸兒童文學研究會」為基礎而擴大組織，1992年6月7日在臺北市成立。
11. 李潼〈台海兩岸兒童文學交流近五年的回顧與展望〉，見1991年2月臺灣《兒童文學學會會訊》第7卷第1期。
12. 陳衛平〈南嶽朝聖有感〉，見1990年6月臺灣《兒童文學學會會訊》第6卷第3期。
13. 洪文瓊〈兩岸兒童文學交流的深層思考〉，見1991年10月臺灣《兒童文學學會會訊》第7卷第5期。

兒童文學為世世代代的文化事業

——亞華兒童文學

「亞華文學」是亞洲華文文學的簡稱；它的定義，是指：在亞洲地區國家，用華文寫作的文學；不限於華人，如南韓當代文壇中著名詩人許世旭就是「非華人」的華文文學作家之一。

「亞華文學」從何時興起，筆者未做確切考據，但與亞洲地區許多國家，如馬來西亞、新加坡、泰國、菲律賓、越南、印尼等華文新文學的誕生有關（大約都在1919年之後），應無疑議；只是，真正被作為本土（中國大陸、台灣）之外，成為一個大地區（不只限於一個國家），而又有別於本土文學的課題來探討、研究的，似乎是在有了「亞洲華文作家協會」（1981年11月成立）之後，才逐漸被提起，而受到重視。

1.「亞華兒童文學」研討會的歷史意義

華文是我們大中華民族的主體語文，作為從文學創作的主要媒介工具，是很自然的事；過去是，現在是，但未來——五十年、一百年以後，是否仍然如是？是要我們用心來深思！

原因是，從當前亞洲地區各國家的華教、華文文壇活動情形及其年輕一代作家的培育狀況來看，有逐漸式微的現象，值得有識之士擔憂，所以筆者才有如此不甚樂觀的看法。

今天，我們有機會聚集在美麗如花園的城市——吉隆坡，舉行這次有史以來首度以——「亞洲華文兒童文學」的學術性會議，進行研討如何發展亞洲地區的華文兒童文學，以「兒童文學為亞洲華文文學的曙光」為主題，不僅深具憂患意識，有很大的期許，更有任重道遠的歷史意義。

「我們」，有代表台灣、大陸華文本土的兒童文學作家、學者，也有代表新加坡、菲律賓及地主國馬來西亞等走出本土南來的第二代華文兒童文學工作者，「我們」的角色、身分，是多重的，有的是詩人、作家、學者，也有的是教師、編輯、文化人等等，更有的身兼多種角色，甚至是包含以上各種相關角色的身分，因此，這一次的研討會議，我們定能從華文的教學、傳播、寫作等多重文化及文學的層面來探討，其實質的意義，對於亞洲地區未來的華文文學，以及華文兒童文學的發展，必然會有相當的貢獻和作用。

2.凝聚推展亞洲華文兒童文學的新力量

從個人參與「亞洲華文作家協會」文藝活動開始，尤其自1984年3月，「亞洲華文作家雜誌」（季刊）由創會會長、小說家陳紀瀅創刊以來，個人一直負責實際編務，讓我有機會接觸到香港、新加坡、馬來西亞、菲律賓、泰國、韓國、日本、印尼、越南、緬甸、汶萊等十餘個亞洲國家地區的華文文學作家和作品，對其發展情況，有了概括的了解和印象，同時也由於個人近二十年來熱衷於兒童文學工作的推廣，而產生對於整個亞洲（甚至是世界）的華文兒童文學也有了一份關懷，因此，對於這次會議能夠如期開成，又能有機會參與，個人特別感到高興；高興的是，在「亞洲華文作家協會」成立十三年來，在台北（1981年

11月）、馬尼拉（1985年10月）、吉隆坡（1988年4月）、曼谷（1992年6月）、香港（1993年12月）舉行過五次「亞洲華文作家會議」之後，終於也有一些志同道合的文友對於華文兒童文學在海外發展認為有其必要，使我們以民間力量從事以「以文會友」為宗旨，在亞洲地區推展華文文學交流性的工作之外，又開始凝聚了一股新的力量，可以共同為發展亞洲地區的華文兒童文學攜手邁進。但不可諱言的是，從當前亞洲地區的華文兒童文學發展概況來看，中國大陸、台灣、香港屬於華文本土地區的兒童文學尚能保持不斷成長外，新加坡、馬來西亞、菲律賓這三個國家雖然也已有了華文兒童文學的園丁在默默耕耘，但其他大多數國家則仍無跡象顯示有人肯為兒童寫作，個人極希望這次的研討會，除了與會國家代表能更積極繼續努力外，希望其他國家的華文文友也能認清華文兒童文學的必要性和重要性，並以從事為兒童寫作或推展兒童文學工作、作為新的課題和新的努力方向。

3.「亞華文藝基金會」的首要工作

目前，新加坡、馬來西亞、菲律賓雖然已經有了華文兒童文學作家、作品、園地和活動，但據個人多年觀察，這幾個國家的華文兒童文學的園丁、園地都極為有限，仍然困境重重，有必要再喚起更多的有識之士大聲疾呼：除了寫作者本身更積極認真寫作，提升文學的品質，爭取更多的出版和發表機會外，還應該群策群力，透過各種方式（尤其是大眾媒體、文教機構、出版單位、宗親會、基金會等），呼籲所有華人重視華文兒童文學的審美作用和社會功用，以華文兒童文學來爭取下一代對來自母族文化的學習和認同，並且接受兒童文學真善美的陶冶。

至於其他國家，如泰國、越南、緬甸、印尼、汶萊、韓國、日本，甚至如最接近中國大陸本土的澳門這個地區，我們都應該給予關懷，協助他們從事華文兒童文學的播種工作；而這個工作，首先還需要「亞洲華文文藝基金會」的主任委員林忠民先生及全體董事給予支持，實踐基金會成立的宗旨，將它列入首要的工作目標之一，主動積極的幫助亞洲華文兒童文學界的工作者（包括作家、學者、教師、編輯人等），從事寫作、研究、教學、出版和舉辦相關的演講、研習、座談、研討等活動，以及兒童文學獎的獎勵，讓亞洲地區華文兒童文學能真正向下扎根、繁榮、開花結果；讓亞洲地區的華文文學繁衍、成長。

4.各具特色傳遞愛、智慧和經驗

兒童文學本是愛、智慧和經驗的文學，它有藝術的審美作用，也有教育的社會功用；作為有特定語文的華文兒童文學，它不僅具有審美的、社會的作用，也還有母族語文的認識與薪傳的作用，因為華文是我們從事兒童文學寫作的主要語文媒介，單就「語文媒介」的這一層意義而言，我們是有目的想透過「兒童文學的方法」（作品），讓讀者接受我們的「華文教育」，當然，最終的目的，不僅止於語文的學習，仍然是傳遞「愛、智慧和經驗」。換句話說：「華文」是一種工具，透過這個共同使用的母族語文媒介，推展亞洲的華文兒童文學，真正要努力的，除了先決條件華文教育意義之外，還要努力發展出各個國家、地區的文化特色，將各當地國家、社會的不同題材、不同優質的人文精神內涵、生活習俗，以兒童文學的各種體裁特徵靈活的表現出來，才能豐富華文兒童文學的內涵，使華文兒童文學富有更大的包容性，創造出更多采多姿、更多元化的，深具母族語言文化特色，也具有亞洲地區各個國家的華人文化精神內涵，同時也使未來亞洲地區各個國家的華文兒童文學都有各自的特色和優點。

5.兒童文學是世世代代的文化事業

兒童文學的寫作，對個人來說，是一輩子的事；兒童文學耕耘與推廣，對一個民族、一個國家或全人類而言，則是世世代代的文化事業；就亞洲地區的華文兒童文學的耕耘和推廣，它不僅是我大中華民族世世代代的文化事業，我們也當有更宏觀的理想，促進華文兒童文學成為世界的兒童文學；為此，我們先要在亞洲地區，普遍提倡和推廣，進而喚起全世界凡有華人的地方，都應該要有華文兒童文學的耕耘與播種，使我們華人的下一代都有機會接受自己母族語文文學的優良文化精神的陶冶，而後與世界各國各民族的優質文化精神融合，共同促進人類世界的友愛與和諧。

6.亞洲華文兒童文學的責任在大家身上

亞洲地區的華文文學之綿延與薪傳，已經面臨到重要的關頭：老的一代逐漸凋零，中間一代也有逐漸僵化的現象，年輕一代少又成長慢，頗有後繼無人的隱憂！如果想延續華文文學的命脈，實有賴於華文兒童文學的提倡和推廣，只有積極的培育下一代的文學幼苗，以及延續華文教育的火種，才有繼續發展的希望；但華文兒童文學的提倡和推廣，只靠少數的兒童文學作家或工作者，其力量和影響都是極為有限；如果成人文學作家或文藝工作者，只注意到成人閱讀的文學寫作和推廣；那是一種自私，也是一種短視；作為一個文學的園丁，不栽培文學的幼苗，只想期待看到美麗的文學花朵，採收豐碩的文學果實，那是不可能的。

所以，亞洲華文兒童文學的提倡和推廣，是亞洲地區國家，凡是對華文有興趣，有使命感的作家、學者、教育家、文化工作者和企業家，都應該負起責任，從現在開始為華文教育和華文的兒童文學盡心盡力吧！

1994.11.3.寫於台北

附註：《兒童文學為亞洲華文文學的曙光》（亞洲華文兒童文學研討會論文集）1994.11.26～27在吉隆坡大運酒店，由馬來西亞文化藝術旅遊部、亞洲華文作家協會大馬分會、亞洲華文作家文藝基金會聯合主辦。

安徒生在台灣的研究

——首屆安徒生國際學術研討會・發言

在臺灣，我們一直認為安徒生是位世界最著名的童話家，因為除了安徒生的童話外，臺灣讀者都還未讀過安徒生的其他方面的作品，如詩歌、小說、散文、戲劇等。

臺灣讀者（不論成人或小朋友）閱讀安徒生童話，大多從日文轉譯成中文，少部分才由英文轉譯；如最近較完整的一套，由臺北聯廣圖書股份有限公司印行的《安徒生童話全集》（五大冊，156篇，譯者鄭秀密等，1985～86年出版）即由日本高橋健二譯本（註）轉譯成中文的；另有台北光復書局印行的《二十一世紀世界童話精選》（繪本，全120冊，每冊一篇童話故事，其中13冊是安徒生童話，包括：醜小鴨、人魚公主、國王的新衣、天鵝王子、紅鞋子、大海蛇、拇指姑娘等），則由英文譯本轉譯改寫。在此之前，一些零星中譯安徒生童話（不齊全，或稱為精選本）是本世紀二、三十年代中國大陸出版的中文版，可能經由英文轉譯。

安徒生童話甚麼時候傳入臺灣？目前還無人做過考證，筆者為此曾提出「安徒生甚麼時候到臺灣？」的問題，經向年長的兒童文學作家請教，也查閱過一些史料，但都無滿意的結果，唯一可以肯定的是：安徒生童話傳入臺灣，應有半個世紀以上；1945年以前，日本統治臺灣時期，即有日文安徒生童話作為中學生課外讀物，或補充教材。至於中譯安徒生童話在臺灣出現大約1950年以後，因為二次世界大戰結束，日本戰敗，臺灣歸還中國，中華民國政府開始推行中國語文教育，所有出版品以中文為主，安徒生童話也大約在這個時期以中國大陸現成中譯本傳入或翻印發行。

安徒生童話傳入臺灣的歷史，雖然才只有半個多世紀，但隨著臺灣經濟繁榮、教育普及，從1970年代起，安徒生童話的讀者已大量增加，凡從小喜歡閱讀課外讀物者，無不讀過也無不喜歡安徒生童話。根據筆者最近完成的「《安徒生在臺灣》問卷調查」結果，1,255份（對象包括小學、中學、大學學生及小學教師、兒童文學工作者），大都看過安徒生童話，其中最早從兩歲就開始閱讀（繪本，由成人陪讀），一般以六～八歲開始閱讀為最多，約占百分之五十以上。

由此，證明安徒生童話，在臺灣從1980年代後閱讀的情況，是極為普遍的；而安徒生童話單篇受歡迎的情形，從上述問卷調查所得，讀者不分年齡、性別，其排列名次大致是：〈醜小鴨〉、〈國王的新衣〉、〈人魚公主〉、〈賣火柴的女孩〉、〈拇指姑娘〉、〈天鵝王子〉、〈勇敢的錫兵〉、〈紅鞋子〉、〈夜鶯〉、〈愚笨的漢斯〉等。

其中〈醜小鴨〉、〈國王的新衣〉、〈人魚公主〉、〈賣火柴的女孩〉等，順序或有變動，但都是在最受喜歡的前五篇之內。

安徒生童話在臺灣之受讀者喜愛，是可以確定的。至於安徒生的研究，在臺灣還談不上；根據《兒童文學家》雜誌第三期（1991.7—9.秋季號）所載「《安徒生在臺灣》評介篇目索引」（李曉星彙編），有關評介安徒生的文章，從1966至90年為止，才得到19篇，其中勉強可稱得上有研究意味的，只有9篇（譯文除外），不到一半，如：蘇尚耀〈安徒生和他的童話藝術〉，蘇樺〈安徒生的童話原則〉，馮輝岳〈試評安徒生的《樅樹》〉，吳當〈從教育觀點看安徒生童話〉，彭震球〈安徒生的想像世界〉、〈安徒生童話題材的來源〉、〈安徒生童話的主題〉、〈安徒生童話的語詞〉及傅林統〈為甚麼王座永屬於他——安徒生童話賞析〉等；這是臺灣兒童文學界對學術研究向來不太認真的結果，也是臺灣兒童文學界創作者一向對學術研究者感到遺憾的。

因此，筆者在今年初創辦的一份有關兒童文學理論、研究等專業期刊《兒童文學家》（季刊）有意在這方面盡些心力（倡導或激勵）；對於安徒生的研究，也已在第三期以「安徒生在臺灣」做成專輯（預定分上、中、下卷，連續三期推出）；上卷已刊出丹麥安徒生中心主任約翰·迪米留斯教授的論文〈安徒生童話裡自然的呼聲〉（小啦譯），其他有中國大陸著名資深作家陳伯吹、學者韋葦、童話家洪汛濤，年輕學者班馬、馮君；臺灣學者施常花，青年作家沙永玲、陳玉珠、陳梅英、陳銘珍、蕭銘桂及美國舒蘭、丹麥池元蓮等華文作家的文章。其中，較值得一提的是，現就讀臺灣台東師範學院的陳銘珍〈安徒生童話中的公主〉與蕭銘桂〈安徒生童話中的王子〉這兩篇論文，是該校語文系主任林文寶教授指導的，與安徒生研究有關；這樣的研究報告，在臺灣高等學院而言，已算是一個新的研究方向，但也僅僅是一個開始，希望能蔚成風氣。

此外，筆者最近也邀集了四位臺灣女作家、學者撰寫有關安徒生童話的短文，在報紙發表（1991.8.20，臺灣新生報副刊），包括鄭雪玫〈現實融入幻想〉、施常花〈高度的文學藝術價值〉、趙雲〈美和詩、愛與死〉、管家琪〈允許有自己的感受〉、沙永玲〈給她不同的結局〉等。

以上，只能算是臺灣近半個世紀以來對安徒生研究的一個概況，或者只能算是一個起步而已。筆者能有機會在這次「首屆安徒生國際學術研討會」中，從各國學者、專家學習，希望今後在臺灣研究安徒生的作品，能略盡一點棉力，也希望臺灣兒童文學界能共同拿出一份漂亮的成績單。

（1991.8.28寫於丹麥・奧登塞大學安徒生研究中心）

附註：在丹麥奧登塞市安徒生博物館同時藏有這兩種中、日文版本。

卷二

兒童文學隨想錄

1.

「兒童」是什麼？

你認識「兒童」嗎？

2.

你知道「兒童」需要什麼「文學」嗎？

不是「兒童」需要的「文學」能稱為「兒童文學」嗎？

3.

「兒童文學」要給「兒童」什麼？

你認真想過嗎？如果你真的認真想過，那就「用心」的去寫吧！如果你還未認真想過，那就請你先去問問「兒童」：問一個，不夠；問二個，不夠，問三個，也還是不夠……

4.

當你和「兒童」打交道時，你是先長篇大論發表你的意見，還是先讓他們毫無約束的暢所欲言？

5.

「兒童」有沒有年齡的分別？
「兒童」有沒有性別的分別？
「兒童」有沒有鄉村、城市的分別？
「兒童」有沒有智愚優劣的分別？
「兒童」有沒有不同種族、不同文化、不同宗教的分別？
「兒童」有沒有不同性向、不同嗜好的分別？

6.

在鄉村，我向「兒童」學習他們的淳樸和憨厚。
在城市，我向「兒童」學習他們的活潑和大方。

7.

鄉村裡的「兒童」有一顆玻璃彈珠，他會很滿足，可以玩一整天。

城市裡的「兒童」有一架電動玩具汽車，他可能還希望擁有一部可以遙控的飛機。

8.

不要以為「兒童」只有一個；「兒童」是千千萬萬個的代表；而且幾乎各個都不同。你可調查過，你寫的「兒童文學」作品，究竟有幾個「兒童」喜歡？

9.

「權威」是一種偏見；以為自己的作品就是最好的，這樣的作者，是非常可憐又可悲。我盡力的維護自己虛心的學習，讓我的作品和讀者交心。

10.

「兒童文學」包括「兒童」和「文學」；作為「兒童文學」作家，要認識「兒童」，也要認識「文學」。

2000.03.21寫於研究苑

幼兒文學的寫作理念和思考

——兼談我的第一本兒童文學作品

1.前言

1991年除夕前一天，收到台灣唯一出版幼兒讀物的專業機構「信誼基金會出版社」，寄給我一份版稅——《咪咪喵》一書自民國八十年（1991）七月至十二月，銷售數量1,161本的額外報酬，金額為台幣2,438元；並且註明本書自民國七十年九月出版至今已屆十年，依據雙方合約所訂支付額外報酬年限，此為最後一次支付。十年了，這本書累計銷售量總數約2,500本；在我的幼兒讀物作品中，是目前銷售量最高的一本。

《咪咪喵》是我為幼兒寫作的第一本書，大約是民國六十九年秋季，應該社邀請而撰寫的；在此之前，我所有的作品，大多是新詩和兒童詩；兒童詩的閱讀對象，也大多設定在國小中高年級的小朋友。因此，《咪咪喵》的寫作理念，可以當作我個人從事「幼兒文學」寫作的基礎理論來探討。

2.《咪咪喵》全文

一隻母貓
五隻小貓
住在我的家

牠們喜歡睡沙發
沙發是牠們的床

喵喵喵
小貓穿著
細細密密的
花毛衣
毛衣的顏色
是母貓給的

一隻小貓
一件花毛衣
五隻小貓
五件花毛衣
白底白花
黑底白花
白底黑花
黃底黑花
黑花白花加黃花

牠們一家分開睡
是一個大毛球
五個小毛球
牠們擠在一起
是一個

軟綿綿的坐墊
不過
要小心哦
這個坐墊可不許坐

一隻小貓
一個名字
五隻小貓
五個名字

老大　大咪
老二　二咪
老三　三咪
老四　四咪
老五　五咪

咪
咪咪
咪咪咪
咪咪咪咪
咪咪咪咪咪

母貓叫小貓
咪咪咪
咪咪咪

母貓喜歡吃魚
母貓教小貓吃魚
小貓學會了吃魚

母貓喜歡捉老鼠
母貓教小貓捉老鼠
小貓學會了捉老鼠

母貓喜歡逗毛線球
母貓教小貓逗毛線球
小貓也學會了逗毛線球

小貓喵喵喵
小貓抓抓我的腳丫子
小貓喵喵喵
小貓跳進我的懷抱裡
小貓喵喵喵
小貓頑皮
小貓喵喵喵
小貓抓破了我的書包

小貓喵喵喵
小貓跳上了桌子
小貓喵喵喵

小貓打翻了杯子
小貓喵喵喵
小貓把杯子打破了

小貓喵喵喵
小貓知道做錯事了
母貓喵喵喵
母貓叫小貓
以後要小心呀

母貓教小貓跳舞
小貓學會了跳舞
母貓教小貓唱歌
小貓就咪咪喵喵咪咪喵喵

喵喵喵
母貓叫小貓
喵喵喵
五隻小貓都來了

一隻母貓
五隻小貓
咪咪喵
咪咪喵

牠們吃魚　喵喵喵
牠們捉老鼠　喵喵喵
牠們跳舞　喵喵喵
牠們唱歌　喵喵喵

咪咪喵
咪咪喵
一隻母貓
五隻小貓
快快樂樂
住在我的家

3.《咪咪喵》的寫作理念

這個幼兒文學作品的讀者對象，我設定在三至五歲的學前的幼兒；在出版這本作品時，我有一段「給媽媽的話」是這樣寫的：

「本書採用詩歌的形式，使幼兒在輕鬆、愉快的心情下，從小貓和母貓的生活中，感受親情的甜美和幸福。」

這段話，就是我寫作這個作品的基本理念，它包含了主題（甜美、幸福的親情）、技巧（輕鬆、遊戲的情趣）和形式（詩歌分行的體裁）。

首先，談談這個作品的主題；

親情是幼兒在他生命當中，最初感受到的最甜美、溫馨，也最為珍貴的一種情感，是無可取代的；人生如果失去這份親情，那是終身的遺憾，而且也必然影響到一個人心身及人格的發展。

甜美、溫馨、幸福的親情感受，最主要的泉源，來自母子之間日常生活的關愛；母親對子女的重要，以及母愛的偉大，也即藉此獲得表現和發揮。

打從我從事兒童文學寫作，近二十年來，我領悟到了親情與母愛的重要，所以在為幼兒寫作時，我最大的考慮，往往是先抓住這個主題；《咪咪喵》就是第一個例子。

在這個作品裡，我以我家曾經養過多年的貓的家族，作為表現主題的意象；因為貓這類小動物，牠們的習性，是一般幼兒都熟悉，也都能接受、喜愛的，在閱讀時，很容易產生認同，特別會有一份親切感。

透過小貓與母貓的關係，透過母貓對待小貓的情景，讓幼兒從中了解小動物的可愛並領會親情、母愛的甜美和溫馨，以及學習如何愛護小動物，如何做一個乖巧的小孩；這是我所注重的幼兒文學的美所應表現的主題。

其次，談談這個作品的寫作技巧；

技巧是為使主題有更完美的呈現而不得不使用（講究）的方法；技巧是為了表現上的必要，不是為技巧而技巧；技巧是多樣的，不是只有一種，它必須融和運用。

成功的作品，是巧妙的運用技巧，但看不到造做的痕跡；這是我一直在努力的。

在這個作品中，我首先考慮到的是：如何在呈現主題意識的情節（事件）當中，巧妙的以語言的趣味來傳達具有遊戲性的情趣。就貓這種小動物的特徵、習性，我在語言中尋找既要表現色彩，也要表現聲音和動作（感）的意象，因此我藉毛衣的意象賦予不同的顏色；以擬聲的方法為小貓咪取名字；在小貓咪愛叫愛跳愛玩的習性中，安排了牠們日常生活的種種可能發生的事件，綜合而完成一個單一線索的適合幼兒閱讀的童話故事。

再其次，談談這個作品的形式；

形式是作品外在的形體，主題是作品內在的精神；主題決定形式，形式必須與主題做密切的契合。

目前，在台灣的所有幼兒讀物，幾乎都採用分行的方式來處理；詩歌的形式是分行的，但從作品的本質來探討，分行的未必都成為詩或歌，因為詩歌的分行，與其內容情思、意象、節奏、情境有關，不是只為分行而分行；不過，為了便於幼兒閱讀，分行的形式，的確可給予閱讀者以輕鬆、明確的感覺，甚至還有視覺上的美感感受作用，提昇閱讀者的興趣；值得採用。

我個人一向以寫詩為主，對於詩歌這一分行形式的運用與掌握，已具有一定的優勢，即使所寫的不屬於詩歌的作品，也格外在分行當中，儘可能掌握詩歌形式的特性，使語言發揮到最大的功能。在這個作品中，詩歌形式的運用，我個人最感欣喜的是：語言的處理富有輕快的節奏感，使長達九十六行的篇幅，能有一氣呵成的效果。

4.幼兒文學的語言與篇幅

我是一個從事自我摸索寫作的人，不是學者，沒有做過學術理論的研究，尤其在幼兒文學方面；我這篇短文如果勉強稱為

「幼兒文學的論述文章」，也是屬於「處女作」；因此，在探討「幼兒文學的語言與篇幅」這個課題來說，我仍然是沒有學理根據的，只是個人的一些體驗和初步思索所得到的一種想法而已。

談到「幼兒文學的語言」，我想一般都能同意：我們應該以幼兒能夠聽懂的語言來撰寫；因為幼兒還不識字，他們必須在父母等成人或哥哥姊姊們的陪同下、進行閱讀圖像來領會作品的內涵，以獲取因閱讀而得到認知、審美、陶冶的樂趣。

因此，幼兒文學語言的掌握，是很難取得一定的準則，因為家庭環境的不同，幼兒對語言的理解能力，具有很大的個別差異，所以作為一個從事「幼兒文學」的寫作者，在語言的使用上，就得必須特別審慎。

從《咪咪喵》這個作品來看，在九十六行的總字數五百零九個字當中，我只用一百一十個不同的字；其中，用得最多的是：喵字五十六個、貓字五十四個、小字四十一個、咪字三十八個、數字二十八個、母字十五個、隻字十一個、的字十個、老字九個；這幾個字合計為兩百四十二個，約佔總字數的百分之四十七點五五；其他的字詞，有牠們、喜歡、沙發、坐墊、吃魚、捉老鼠、逗毛線球、打翻、打破、桌子、杯子、細細、密密、軟綿綿、顏色、毛衣、做錯事、學會、跳舞、唱歌等，都是一些日常用語，一般三至五歲的幼兒都能聽懂，也都能使用，是極為淺顯的語言。

幼兒好動，他們的耐性是極為有限的；一般三至五歲的小孩，要他靜靜坐上十分鐘，是不太可能的；就閱讀的耐性，十分鐘對他們來說，已是最大的極限；因此，幼兒讀物的篇幅，不宜太長，最適當的篇幅，應該訂在三、五分鐘之內，最多只能在五至八分鐘的長度，大約是不超過一千個字吧。

至於句子的長短，七個字以內（二至三個音節）較適合幼兒換氣的生理能力，九至十一個字以上的多音節句子，就嫌太長了；幼兒念起來會很辛苦。

5.幼兒文學的情趣

沒有情趣的作品，是無法獲得讀者的喜愛；幼兒讀物尤其需要高度的情趣，對幼兒才具有閱讀的魅力。

幼兒文學的情趣，不僅須要有趣的故事情節，更須要有高度的語言趣味；因此可知幼兒文學的情趣來自情節的安排，也來自語言的運用；就《咪咪喵》的情趣來說，它得自語言趣味的幫助比之情節起伏的安排，似乎更大。

遊戲是兒童的第二生命，對幼兒來說，遊戲更是他們生命活動中的主要課題；從事幼兒文學的寫作，應該是把遊戲的情趣擺在第一位，使它的主題意識都能隱藏在有趣的情節和語言中，提高幼兒閱讀的快感和美感。

6.我的幼兒文學的寫作

在我的業餘寫作生涯中，已經有三個十年的歷程；而且也正好可以分成三個階段：第一個十年，我專注於練習新詩的寫作；第二個十年，我努力於兒童詩的寫作；第三個十年，我又偏向在幼兒文學方面。

從《咪咪喵》開始，十年了，我的幼兒文學的寫作，談成果，還是相當有限，就已出版的量來說，《爺爺和磊磊》、《嘰嘰喳喳的早晨》、《薇薇吃「傻瓜」》、《奇奇自己跌倒的》、《魔鬼捉達達》、《大明小菡去上學》、《鵝媽媽的寶寶》、《麻雀家的事》、《給姊姊的禮物》、《三個問題的答案》、《母雞生蛋的話》、《敲敲打打的一天》；其中有一半，如《麻雀家的事》等，閱讀的對象稍微偏高，也只能稱為「低幼文學」的作品。在還未出版的作品中，除一部分屬於兒歌之外，大多是長篇童話詩，也有小部分是生活小故事或故事詩；如《熊家的寶寶》、《皮皮和達達》（寫老鼠的長篇童話詩）、《三百個小朋友》（寫螞蟻的長篇童話詩）、《我要快快長大》、《坐飛機》、《中秋節》、《過年咚咚鏘》……

歲數越來越大，我的寫作對象卻越來越小；為幼兒寫作，我似乎是在和我的小孫子談戀愛，我從中得到了許多的樂趣，也從我和我的小孫子的交談中，得到很多可以寫作的東西。寫作是一件苦差事，像談戀愛一樣，酸的、甜的、苦的、辣的都有；但為幼兒寫作，我覺得樂趣還是比較多。

我國兒童文學，起步很慢，幼兒文學的部分，更晚；在台灣，近十年才算走上軌道，但用心耕耘的人，還是很少！在這方面，我個人也還是一個初學者，期望自己能做更多的努力。

（1992.02.08晨　寫於台北／《兒童文學家》第六期　1992.04）.

尋找夢想、歡樂和美麗

——圖畫書的閱讀隨想

1.

這篇文章的「命題」，是從成人的需求觀點出發。

人類的心靈世界，多姿多彩；原本就充滿著夢想、歡樂和美麗。只是，年歲越長，失去越多，造成每個人心中都有莫大的缺憾！

孩童的心靈世界，多姿多彩：充滿著夢想、歡樂和美麗，用不著尋找。

孩童，是成人心靈上的故鄉；

孩童，是成人羨慕的對象。

2.

圖畫書，是人類心靈世界的再現，是孩童心靈世界的「寫真」。我們成年人心中的缺憾，可以從圖畫書的閱讀和創作中去尋找彌補；尋找夢想、歡樂和美麗，是我對圖畫書閱讀和創作的一種體會，也是一種期盼。

3.

先說一個小故事，是五十年以前的：

五十年以前，可以說是「很久，很久」：我在臺灣鄉下（宜蘭礁溪）農村裡出生，也在那裡長大，直到十五歲才離開，到城裡工作、生活。

那是沒有「圖畫書」的年代，我不知道「圖畫書」是什麼？

農村有什麼？

農村很富有，農村也很貧窮。

因為農村有的，城裡沒有；城裡有的，農村沒有。

小時候，我每天睜開眼睛，可以看到一大片綠油油的稻田；稻田不是我的，但看得到的，就是我的；它會留在我的腦海裡。還有菜園、果園，有各式各樣的蔬菜和水果，它們的形狀、特徵，我可以辨別；它們的名字，我可以叫得出來。

在不同的季節，會有不同的昆蟲、鳥類或一些些小動物出現，如：毛毛蟲、蝴蝶、蜜蜂、土蜂、蜻蜓、蟋蟀、蚱蜢、蝗蟲、天牛、獨角仙、螢火蟲、竹節蟲、蜈蚣、金龜子、青蛙、小麻雀、烏鴉、老鷹、斑鳩、白鷺鷥、白頭翁、釣魚翁……還有稻田裡，水溝中的魚、蝦、龜、鱉、蛇、蜥蜴、老鼠……，當然也還有自家養的雞、鴨、鵝、牛、羊、貓、狗等等。

那是沒有「圖畫書」的年代，我在大自然中認識牠們；大自然是一本立體的、活動的「圖畫書」，大自然是我的第一本「圖畫書」，我是讀著大自然長大的。

大自然很大，大自然是很奧妙的。可是，我沒有走出農村；農村只是大自然的一小部分，當然，我所能讀到的，是極其有限。

4.

臺灣著名兒童讀物插畫家曹俊彥先生說：「人類會畫圖，是一件大事。由大自然，立體的、動態的，瞬息萬變的實景、實物，描繪在靜態的平面上，那是極不簡單、極奇妙的。藉著圖畫，人可以互相交換經驗；可以經由圖畫的記錄產生比較。更可以經由圖像閱讀的經驗，承傳給後代子孫，使文化得以累積。有圖畫，更方便於對事情的預先思考。」[1]

由於接受教育（未必全然來自學校，也來自自己的大量閱讀、觀察和思考），我體會到「畫圖」與「圖畫」的好處，除了學習文字的表達，我也同時學習塗鴉；我模擬自然，也描繪自己內在的心象。

5.

文字是語言的符號，圖畫是心象的符號，兩者的差別是：文字有約定俗成的規矩，必須透過學習；對沒有共通語言的讀者，它必須經過翻譯，才能傳達其意義。圖畫是沒有種族、沒有國界的人類的共通「語言」，不必透過翻譯，人人可以接受，可以欣賞，卻會因人、因時、因不同心境而有不同的感受和領會。

不過，文字和圖畫並不互相排斥，反而可以結合在一起，產生互補作用。如果可以做一個比喻，文字和圖畫談戀愛，就產生了「圖畫書」。

好，就這麼決定吧！

當然，最早發明「圖畫書」的人，未必是這麼想的。我就姑且這麼說吧！你也會這麼以為嗎？——文字和圖畫談戀愛。

6.

「圖畫書」是有文字和圖畫結合的書；但通常是，文字很少，圖畫很多；甚至可以不要任何文字，只要有圖。

沒有文字的「圖畫書」，要怎麼閱讀？

這個問題，對於閱讀文字已經成為習慣的成人而言，會成為一個「問題」；有時真的不知道該怎麼閱讀！但對一個不識字、或識字不多的孩童來說，卻是一點也不成為他的「問題」。

比如讀艾拉．瑪琍的《樹木之歌》[2]的圖一和圖二，你會有什麼樣的發現和感受？

再以塞．西威爾斯坦的《樹與小孩》[3]為例，它有圖畫，也有文字，但文字不多，每一個跨頁，只有三、五個字，對閱讀整個故事的發展，卻具有明確的提示作用。

這兩本圖畫書，都以樹為主題，但表現手法（方法）稍為有些不同，並不影響一個創作者所要呈現的理念。

7.

「圖畫書」以圖畫（或說「圖像」）作為閱讀的主要媒介，它的讀者對象是誰？

在一般的觀念裡，文字少、圖畫多的書籍，它的讀者對象就是兒童。不錯，圖畫書的製作與出版，主要也以幼兒為閱讀對象。但「親子共讀」的觀念已逐漸形成一種風潮，「圖畫書」的真正讀者，已不全然以幼兒為主，甚至它也必須考慮到成人閱讀的樂趣和要求。

因此，圖畫書的文字，儘管非常淺顯的使用幼兒可以聽懂的字眼，但其有趣的故事所蘊含的意義，對成人讀者而言，可能是一種全新的發現和獨特詮釋的手法，值得學習。即使不以成人的觀點探究文字所承載的思想內涵，光就每一位畫家獨特的繪畫成就來欣賞，成人閱讀「圖畫書」的圖畫，即是一項審美活動的參與以及成為繪畫藝術饗宴的貴賓。

8.

「圖畫書」的作者是誰？

它可以有兩個作者，一個是文字的作家，一個是做畫的畫家；也可以只有一個人，他自己畫畫，也自己撰寫文字；甚至文字也可以不要。

從瑪西亞‧布朗創作的《小老鼠和大老虎》[4]就可以得到印證：這本書的文字和圖畫，都出自他一個人的手筆。從故事主題的內涵來看，我從它得到了很好的啟示：瑪西亞不僅是一位傑出的畫家、優秀的文字創作者，並且也讓我深深感受到：他是一位具有深邃思想的哲學家。

「小」和「大」本來只是幼兒認知的一種基本概念意識的傳達，但他透過故事中的一位老人（隱士，也是智者的化身）的法術（也可以解讀為作者的想像力和創造力的展現），為了同情膽小的小老鼠免於被欺侮，把牠變成大老虎；可是，成為大老虎之後，牠反過來專門欺侮小動物，並且不聽老人勸阻，竟惱羞成怒，忘恩負義，想把老人吃掉；幸好，被老人視破：即時將牠變回原來的一隻膽小的小老鼠……

這是一個有趣的小故事，也是一個很有哲理的寓言；小朋友可以從有趣的故事裡得到閱讀的樂趣和滿足，也可以從寓含的意識裡，獲得思考與啟發：

「小，要多小才算小？」

「大，要多大才算大？」

「小」和「大」在這本圖畫故事書裡，不僅只是讓孩童閱讀獲得概念意識的認知問題，從不同讀者、不同層次的認知、解讀，可以感受到它蘊含著一個形而上的思考問題，也即是人生的一種基本哲理。

「哲理」不是成人才需要探究的課題，是人類從小就不可避免的、必須透過各種方式進行思考的課題；它是智慧的一部分，很重要的一部分。

圖畫書的表現方式，就是其中最可行、最有效的一種「深入淺出」的處理方式，它可以使小讀者潛移默化，使成人讀者不覺得淺顯、幼稚。

「圖畫書」的文字內涵，是不是都要承載這麼大的人生「哲理」？

那也大可不必這麼沉重。感性、機智、輕鬆、有趣，對讀者都是莫大的恩惠。

光就圖畫來說，多姿多彩，賞心悅目，就是最好的陶冶。我閱讀圖畫書的「無為」心態，沒有負擔，就是最大的享受。

看過1991、92、93、94年的《波隆那插畫年鑑》，連續四年，有十六位國際評選委員分別參與評審工作，他們所根據的評選標準很有趣，都有一個相同的要點，那就是：對兒童的吸引力。

兒童是喜新厭舊的，兒童是喜歡好玩的，他們不喜歡一成不變，也不喜歡嚴肅的說教；能吸引兒童喜歡的，也必然能吸引成人讀者的興趣和迴響。

《和我玩好嗎？》[5]這本圖畫書的作者瑪麗・荷・艾斯，文字和圖畫，都是她自己一個人完成的。故事的內容很簡單，一個小女孩和一些可愛的小動物，由陌生、不信任，到彼此親近、成為朋友；在一起玩，是一個多麼和樂的世界！圖畫從頭到尾，都是一個場景，由簡單、冷清，到繁複、熱鬧、溫馨的畫面，具體而明確的傳遞著愛、美與和諧的訊息，不僅是孩童的夢想，也是成人心靈世界所渴望得到的理想境界。

9.

讀一幅畫，是不是也像讀一首詩、一篇短文？可以獲得感動，留下深刻的印象？

我的經驗是：圖畫的閱讀，對心靈所造成的震撼力，更強、更大、更深遠！

閱讀文字的習慣，通常都得從第一個字表達的意識和內容開始；但圖畫的閱讀，它可以是局部的，也可以同時是整體畫面和氣氛的掌握。

讀波蘭Stasys的《穿靴子的貓》（Puss in Boots）[6]，你會有什麼樣的感受？從局部的紅靴子，或老鼠的尾巴、貓的眼睛；你閱讀的時候，會從哪一部分開始？對哪一個部分最感興趣？引發你產生什麼樣的聯想？

我彷彿覺得這位畫家，充滿幽默和弔詭：想跟誰開玩笑？卻又讓閱讀的人笑不出來——有深沉的感覺！這幅畫，它有趣味性，不同讀者可以有不同的感受，但它給我的，是省思的成分較多。我接納它，我從它得到了啟發，加強我對事物反思的力量。

10.

「圖畫書」的讀者是誰？從初生的嬰兒到上百歲的人瑞，都可以是它的讀者。這是我最初的想法，也是最終的結論。

小時候，我沒有圖畫書的閱讀機會；那是由於貧窮，是整個社會的貧窮，也是個人的貧窮；所以，「圖畫書」是社會富裕的產物。貧窮的個人可以在富裕的社會中得到分享；圖書館是一個分享的最好的地方。

11.

「圖畫書」的作者是誰？

我的想法也很單純，每一個人都可以成為圖畫書的作者；包括文字的寫作和圖畫的彩繪。

曾經有位韓國青年朋友金泰成，他送我兩套圖畫書，每一套都是十本；它們的作者是誰？是年輕的媽媽和爸爸，從文字的撰寫到圖畫的繪製，每一本書都由一個人親自完成。他們都不是畫家，只因為他們都已經有了小寶寶，要想給自己和別人的孩子一份愛的禮物，就自己動手創作了「圖畫書」。

日本當代著名兒童讀物插畫家佐野洋子，在最近的一篇專訪中說：「畫自己想畫的，閱讀空間留給讀者」[7]這句話，一定可以給很多人帶來鼓舞的作用。

繪畫是一種最自由的創作形式，每個人都可以畫，愛怎麼畫就怎麼畫；「高興就好」，是我年輕時就為自己所訂下的「塗鴉觀」，到現在，我還是沒有改變。以後也不會改變。我希望大家和我一樣，在「圖畫書」的閱讀或創作中，找回夢想、歡樂和美麗的人生。

（原載於台北《美育》雜誌第91期，1998.1.）

注釋

1. 見曹俊彥所撰〈圖像的閱讀與幼兒〉，1992年夏季號《兒童文學家》。
2. 艾拉・瑪琍（Iela Nari）《樹木之歌》（L'ALBERO）中譯本，台灣英文雜誌社，1994年版。一本沒有文字的「圖畫書」，以大樹為主題，以不同的畫面、顏色呈現四季的變化。
3. 塞・西威爾斯坦（Shel Silverstein）《樹與小孩》，俞繼斌譯，香港道聲出版社，1988年版。
4. 瑪西亞・布朗（Narcia Brown）文、圖《小老鼠和大老虎》（ONCE ANOUSE），陳木城譯，台灣英文雜誌社，1994年版。
5. 瑪麗・荷・艾斯（Narie Hall Ets）文、圖《和我玩好嗎？》（PLAY WITH ME），遠流出版事業公司，1996年版。
6. Stasys的《穿靴子的貓》，見1991年《波隆那插畫年鑑》中文版P.39，大千文化出版事業公司，19947年版。
7. 鄭淑華〈專訪日本當代名插畫家佐野洋子〉，國語日報，1997年2月9日第八版。

《樹木之歌》之一

《樹木之歌》之二

《樹木之歌》之三

《樹木之歌》之四

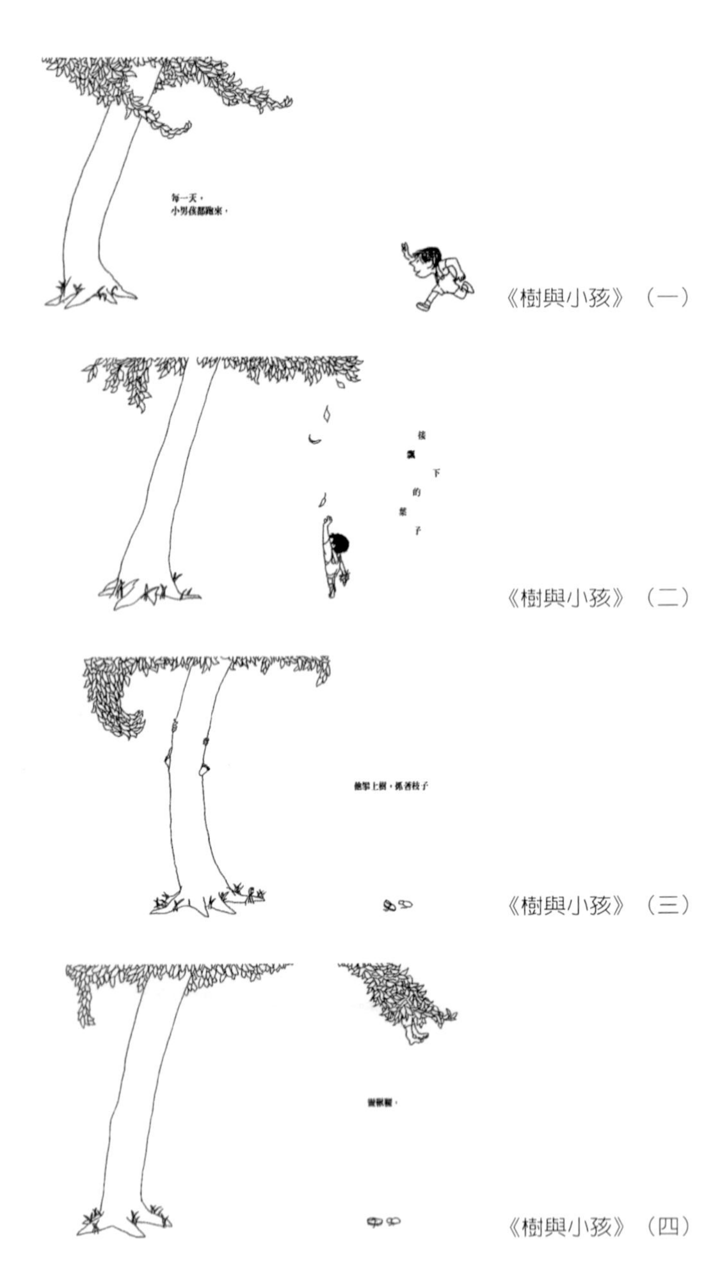

《樹與小孩》（一）

《樹與小孩》（二）

《樹與小孩》（三）

《樹與小孩》（四）

《小老鼠和大老虎》中，老人在烏鴉嘴裡救出可憐的小老鼠。

《小老鼠和大老虎》中，小老鼠變成大老虎惱羞成怒，想把老人吃掉。

有一隻蚱蜢，停在葉子上，
專心的吃著牠的早餐。

《和我玩好嗎？》之一

「蚱蜢，和我玩好嗎？」
我正要伸手去抓，蚱蜢就跳開了。

《和我玩好嗎？》之二

哇！現在，我好高興，好高興——
高興得要跳起來了！因為，

所有的動物——所有的動物——
都要和我玩了。

《和我玩好嗎？》之三

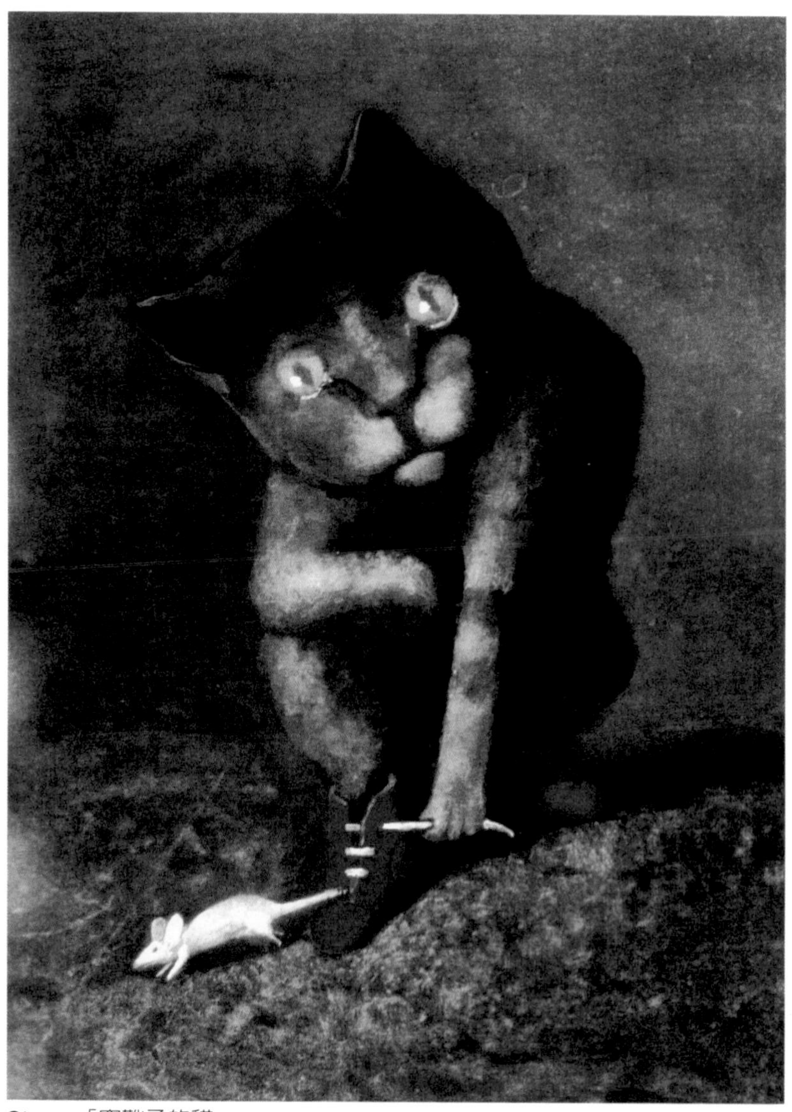

Stasys「穿靴子的貓」

略談臺灣的兒童詩

兒童文學包括童話、小說、散文、詩歌、寓言、神話、故事、戲劇等文類，兒童詩只是其中的一種；但作為「兒童文學」的一份子，詩歌在文學教育上的功用，比其他類別的作品，更富有意義；因為詩歌的形式、語言、意識、情境，在短小的篇幅中，很容易就能夠表現出來；無論對兒童在語言的學習上、文學的欣賞方面，甚至寫作上的練習，都很容易收到預期的效果。

臺灣近十餘年來推展童詩教學的結果，不僅反映兒童詩的教學可以提高兒童學習語文的興趣，更發掘了兒童也有寫作的能力。因此，談到臺灣的「兒童詩」，它應該包含成人為兒童寫作的詩和兒童寫作的詩。

在現當代，臺灣有成人為兒童寫詩，最早是現代詩人楊喚。他在民國三十九年，從中國大陸來到臺灣就開始專意為兒童寫詩，他認為：「兒童文藝在中國是最弱的一環，……較之英、美、日本，可謂少得可憐，我不能說我的兒童詩寫得怎麼好，但是在這裡，就沒有人肯花工夫去給孩子們寫東西。」（見《楊喚書簡集》，台北洪範版）他這段話正反映當時臺灣兒童文學荒蕪之一斑。

楊喚的兒童詩，富有童話意味，大人小孩都喜歡，對早期臺灣兒童詩的發展，有相當影響；可惜他在民國四十三年三月七日不幸發生車禍去世，死時還未滿二十五歲。

楊喚為兒童寫的詩，目前保存下來，只有二十首；其中十八首已由純文學出版社編印成冊，書名叫《水果們的晚會》，這裡舉一首作為參考：

〈**小蟋蟀**〉

克利利！克利利！
媽媽的故事真好聽。
克利利！克利利！
洋娃娃的眼睛真好看。

克利利！克利利！
誰讓你的小臉和小手又黑又髒？

克利利！克利利！
不哭不鬧睡一覺，
我的歌兒唱到大天亮。

楊喚留下的兒童詩雖然不多，但一直受到讀者的喜愛，更經常為論者所引用，為報章雜誌所選刊；而且從民國五十八年開始，國小、國中國語文課本就陸續採用作為課文，是現代詩人中最早受到教育界的重視，如今二十五歲以下年輕的一代，都讀過他的詩。

臺灣有成人為兒童寫詩，雖然與民國三十八年國民政府遷臺後，由現代詩人紀弦等從中國大陸帶來的一支新詩的火把同時點燃，但由於楊喚的逝世，幾乎熄掉了火種！

從民國四十三年到五十九年，這長達十七年的時間，成人為兒童寫詩，為數極少，幾乎是中斷的；就現有資料來看，只有茲茲、憶、朗朗、魯蛟、郭文圻等人而已，他們作品少，又未持續寫作，所以沒能形成氣候。

不過，在民國五十六年間，語文教育家王玉川先生，他七十六高齡時，還為兒童寫作了一本《兒童故事詩》和《大白貓》兒歌集，以及現代女詩人王蓉子也寫了一本童詩集——《童話城》，為兒童詩歌創作集的出版開了先河，值得特別一提。

民國五十九年前後，是臺灣兒童寫詩真正萌芽的時期。此時，由於成人為兒童寫詩逐漸增加，屏東仙吉國小教師黃基博率先嘗試指導兒童寫詩，而獲得普遍迴響；國語日報創辦「兒童文學週刊」，由兒童文學作家馬景賢主編，經常刊登論述文章鼓勵兒童詩的寫作和教學，並公開徵稿；此外還有一些兒童期刊、現代詩刊也紛紛刊登成人和兒童寫作的詩，很快就激起了各方面的注意；再加上洪建全兒童文學創作獎適時設立，以及兒童詩專門刊物——月光光、大雨、風箏、布穀鳥等相繼出現，同時教育主管單位也通令全國各小學列為活潑教學項目、出版專集，以及各報章雜誌兒童版的支持，很快的就形成了引人注目的一項兒童文學活動。目前，兒童詩集的出版，比童話、小說、散文更受歡迎；很多學校出版專刊、專集，並經常舉辦教學觀摩或寫作比賽。

至於成人為兒童寫詩，目前已不限於兒童文學作家，很多詩人、作家都參與了寫作的行列；而較有成就的，如現代詩人有詹冰、渡也、路衛、舒蘭等，兒童文學家有林良、謝武彰、林武憲、黃基博、林鍾隆、方素珍、黃雙春、李國躍、杜榮琛、劉丁財、林美娥等。茲舉數首略為介紹如下：

白鷺鷥／林良

那

隻

白鳥

飛起來了，

飛得不高，

飛得很慢，

平平的飛，

平平的滑，

好像粉筆

在綠板上

畫線——

畫得很長，

可是沒有

那一條線。

山路上的螞蟻／詹冰

螞蟻螞蟻螞蟻螞蟻螞蟻螞蟻

　蝗蟲的大腿

螞蟻螞蟻螞蟻螞蟻螞蟻螞蟻

螞蟻螞蟻螞蟻螞蟻螞蟻螞蟻

　　　　　蜻蜓的眼睛

螞蟻螞蟻螞蟻螞蟻螞蟻螞蟻

螞蟻螞蟻螞蟻螞蟻螞蟻螞蟻
　　　蝴蝶的翅膀
螞蟻螞蟻螞蟻螞蟻螞蟻螞蟻

鳥／謝武彰

推開窗戶
看到一棵樹
在圖畫裡

小鳥們唱著歌
從圖畫裡
飛出來

小白鵝／林煥彰

一隻小白鵝，
在池塘洗澡；
我要摸摸牠，
牠很驕傲，
不停的對我說：
白白！白白啊！

做泥人／張福原

挖到很多泥巴
跟哥哥一起做泥人
先做手
再做腳
最後做鼻子眼睛和耳朵
不能給泥人做嘴巴
哥哥說
泥人品行不好
開口都是髒話

我吃過了／黃基博

看她津津有味地吃蘋果，
我嚥下了口水，
好像真的吃到蘋果一樣，
口水裡有蘋果的味道。
她說：你也吃一點兒吧！
我說：我吃過了！
她瞪大眼睛看我，
我也瞪大眼睛看她。

兒童寫作的詩，由於指導老師的努力，也已收到了令人驚喜的成果。從個人所編選的《布穀鳥》、《童詩百首》、《兒童詩選讀》、《國小兒童詩歌選集》乙套（六冊）及蒐集的資料中，可以看出其水準之一般，在此僅就國小各年級及國中生作品各選錄一首作為參考。

小花兒／一年　洪瑞千

花園中間一朵小花兒
我很喜歡它
爸爸媽媽都來看
小花兒
再開一朵給妹妹吧

妹妹／二年　張佳瑜

妹妹穿著媽媽的高跟鞋
跌倒了
妹妹很勇敢
自己爬起來
她說
我長大了

蛇／三年　蘇俊龍（盲生）

人看到我
就要攻擊我的頭部

我要發起一個運動
在草叢裡玩耍
要戴安全帽

處罰／四年　王惠生

做錯了事
老師只說我一聲
我的心就
好熱好熱

釘子／五年　許志勝

釘子！釘子！
你是雙面人，
一面尖，
一面鈍；
你用鈍的那面對待鐵鎚，
用尖的那面刺痛了木頭。

露珠／六年　方敏鴻

晚上如果下雨
天空的小星星就不見了
第二天太陽起來

我看到許多許多小星星
掛在樹梢
一顆比一顆晶瑩

黑人／國中一年　余明德（布農族）

我是一個最黑的人
我長得很壯
夜裡
人都看不到我
白天
從幾十里外看我
卻能看得一清二楚

爺爺的老搖椅／國中二年　潘麗琪

那是永遠都寂寞的不倒翁，
心中的那孤寂，
誰也不了解，更不能分擔
瞧！一根根骨頭也都快壞光了
彷彿在告訴我，
把我丟了吧！
但是我不能這樣做，
它也失去了一位好爺爺。

兒童寫的詩，其水準並不亞於成人的創作，這是我們在推展童詩教學之前所未想到的意外的收穫。不過，有一個關鍵的問題，必須在此說明，那就是：兒童作品的好壞，指導老師的教學方法具有決定性的關係；因此，教師指導兒童寫詩，其本身必須對詩具有相當的認識，對兒童更要有充分的了解和尊重，否則亦難收到預期的效果。但不論兒童寫作的詩是好是壞，使他們接受詩的陶冶、淨化其心靈，就是推展詩教的最大目的。

（原載《現代詩》復刊06期）

台灣兒童詩的回顧
——1950～1983

寫在回顧之前的話

兒童詩，是詩的一種，是兒童文學中重要的一環。

兒童詩，是兒童能夠欣賞的詩，也是兒童能夠寫作的詩。

以兒童能夠欣賞的觀點來看，兒童詩似乎可以包括某些古詩、詞和新詩在內；但以兒童文學創作的觀點來看，成人專為兒童寫作的詩和兒童自己寫作的詩，才是兒童詩；故本文所謂「兒童詩」，就以成人專為兒童寫作的詩和兒童寫作的詩兩種，作為回顧的對象。

台灣有兒童自己寫作的詩，是近十餘年來的事；但成人專為兒童寫作的詩，則早在三十餘年前就有了；那是民國三十九年，由楊喚自己默默的寫作開始。

從民國三十九年到民國七十一年，台灣兒童詩的發展，是間歇性的，而且有一段很長的時間，幾乎是斷了訊息！為回顧這段歷程，筆者嘗試依據實際的發展經過，分成四個階段來加以探討；

第一個階段——民國三十九年到民國五十八年，為「播種時期」；

第二個階段——民國五十九年到民國六十二年為「萌芽時期」；

第三個階段——民國六十三年到民國六十八年，為「成長時期」；

第四個階段——民國六十九年以後，這一階段到目前還在發展，我特稱之為「推廣時期」。

現在我們就分期來看看，台灣兒童詩的發展情形。

1.播種時期（三十九年—五十八年）

以成人專為兒童寫作的詩，稱為「兒童詩」，在台灣要數楊喚為最早；楊喚是遼寧省興城縣人，十七、八歲時在大陸就開始寫詩，而且還不滿二十歲就由一個小校對升任青島報的副刊編輯。由於家庭變故，也由於國家的動亂，民國三十八年春天，他就隨著國軍部隊來到台灣。第二年，他開始寫作兒童詩，並以金馬作為筆名投給中央日報的「兒童週刊」：如〈春天在哪兒呀〉、〈童話裏的王國〉、〈眼睛〉、〈小紙船〉、〈夏天〉、〈給你寫封信〉等，就是在那一年中先後完成的。

在當時，台灣的兒童文學還沒有人開拓，楊喚寫作兒童詩是基於愛心的表現；民國四十年十一月十九日，楊喚給他的好友康稔寫信，就無限感慨的說了如下的一段話，他說：「兒童文藝在中國是最弱的一環，……較之英、美、日本，可謂少得可憐，我不能說我的兒童詩寫得怎麼好，但是在這裏，就沒有人肯花工夫去給孩子們寫東西。」

楊喚的兒童詩，大多發表在中央日報「兒童週刊」；目前我們所能看到的，是他死後由現代派的一些詩友為他收集出版的詩集——《風景》中的十八首，和前年《布穀鳥》第二期林武憲提供的二首，合計為二十首；當然，楊喚的兒童詩還不止這些，尚待進一步蒐集；但從民國三十九年迄今，楊喚留下的這些作品，卻一直受到普遍喜愛，而且民國五十八年起，他的作品就開始被改寫而編入國小、國中國語文課本裏，是現代詩人中最早受到教育界重視，成為目前年輕一代都閱讀過的課文，並且在他們心裏留下美好的印象，如已編入的：〈小螞蟻〉、〈春天來了〉、〈夏夜〉、〈家〉、〈小蝸牛〉、〈打開你的眼睛〉等，都是改寫自楊喚的作品。

有人說：楊喚的詩很接近一位二、三十年代詩人綠原的作品，因為他們的詩有濃厚的童話意味；就目前我們所能看到的綠原的〈小時候〉和〈弟弟呵弟弟呵……〉，與楊喚的〈童話裏的王國〉和〈小紙船〉等加以比對，在風格上確實有近似的地方，而且不可諱言的，楊喚有師承於綠原的好處，但並非沒有自己的創作；就以富有童話意味的表現這個觀點來看，楊喚的作品，毋寧也有其獨自發揚光大的優點；尤其在抒情作品的成就上，楊喚也有更優異的表現，也因此楊喚才能憑著他的有限的作品，為台灣兒童詩播下品質優異的種子。

可惜的是，楊喚在民國四十三年三月七日，就不幸被火車輾死！那時他還未滿二十五歲；使台灣的兒童詩未能與新詩同時發展，以致他辛苦播下的種子，要長達五分之一世紀後才開始萌芽。

楊喚逝世後，民國四十三年到五十五年間，中央日報「兒童週刊」，雖然還有些人發表為兒童寫作的詩，但為數畢竟有限，不成其氣候；就目前手邊資料來看，茲茲、憶、秦松、朗朗、稻子、魯蛟、郭文圻等就是在這個時期出現的，但他們都沒有持續長久寫作；其中，以茲茲、郭文圻的作品較為可觀，但茲茲的作品卻也與楊喚的風格頗為接近，甚至使人誤以為楊喚還在繼續寫作！如四十三年十一月一日發表的〈我的船〉和另外一首〈向日葵〉，都有異曲同工之妙，充滿童話世界的幻想。也許那個時期一般對兒童詩的看法，大概就是想藉詩的形式來表達童話的意味，以為兒童的心靈世界就是這般充滿幻想，而不似現在的兒童能夠接受強烈的現實意識，並為他們表達心中的話語。

至於郭文圻的作品，卻表現了自然田園的風味，如〈夏夜回家園〉、〈可愛的鄉村〉、〈農家〉等，有淳樸自然的色彩，別樹一格。

民國五十年代，兒童文學中的童話、故事、小說等作品已紛紛出籠，但兒童詩出版，卻遲至五十六年才有語言學家王玉川的《兒童故事詩》和女詩人王蓉子的《童話城》，這兩本兒童詩集在當時出版，算是破天荒的，可是對台灣兒童詩寫作風氣的開拓，卻未產生如何的影響。

王玉川的《兒童故事詩》和王蓉子的《童話城》，顧名思議，可知前者是以「故事」為主，後者則以「童話」意識為表現的重點。

《兒童故事詩》，係以伊索寓言的故事為題材而加以改寫：「句子短，故事生動，情節和諧，所以容易唸，容易懂，也容易記。」是其優點，充分表現了一個語言教育家在文字運用上爐火純青的造詣，對兒童的語文學習和是非觀念的培養，以及故事性的欣賞、陶冶有其相當的貢獻。

至於《童話城》的出版，係作者應省教育廳「中華兒童叢書」編輯小組邀請而撰寫的，未在報章雜誌發表，因此也未受到應有的重視；集中以〈童話城〉和〈童話湖〉二首童話詩可作為代表，與綠原、楊喚這一路的童話意味的傳統，有其相承的精神；此外，尚有十餘首抒情式的作品，如〈風的長裙子〉、〈太陽的節日〉、〈半邊翅膀的鴿子〉等，都能表現一個女詩人細膩、優美的一面，以及有愛心和美好的想像。

從民國三十九年到民國五十八年，這第一個階段兒童詩的發展，唯一提供園地的，似乎只有中央日報的「兒童週刊」；雖然在當時還看不出有特意給予鼓勵，但對於主編人陳約文能夠接納這方面的作品，就是最大支持的表現；對台灣兒童詩「播種時期」而言，陳約文女士就像一位保姆，應深深感念。

兒童詩具有純真優雅的特質，能啟迪兒童心智，激發他們的聯想和運用思考，對提高兒童語文能力和培育優良品質，都有很大的助益。兒童優良品格的形成教育，應該從小由兒童文學的欣賞開始；而兒童詩，或兒童詩歌，就是引導兒童以優美的品質來開啟兒童文學豐富的寶藏，是具有潛移默化的教育價值；但在這一個時期，兒童詩沒能適時引起社會廣大讀者的讚賞或教育界的重視，寫作者少又未能夠以自我期許的精神持續創作，固是原因之一，但缺少理論文字的闡述、宣導相配合，毋寧是最大的遺憾！

2.萌芽時期（五十九年—六十二年）

兒童詩從只有成人專為兒童寫作到兒童也參與寫作，在「萌芽時期」有兩位重要功臣，值得在這裏先提。

在台灣，指導兒童寫詩，要以黃基博為最早；黃基博是一位小學教師，他寫童話也為兒童寫詩；民國五十九年前後，他在南部屏東仙吉國小開始默默嘗試著指導兒童寫詩。不久，民國六十年十月，他的學生作品首次大量在《笠詩刊》第四十五期發表，而引起了一些人注目，因為在此之前，好像還沒有人知道兒童也能以他們有限的語文能力寫作感人的詩篇；而《笠詩刊》也就從該期開始，特別設立兒童詩專欄──「兒童詩園」，鼓吹教師們指導兒童寫詩，並歡迎投稿。

北部指導兒童寫詩的蘇振明，則稍微晚了一兩年；他是一位年輕的美術教師，以詩畫配合教學的方式、在他服務的水源國小指導學生寫作，不久也以專題詩畫配合，在《百代美育》雜誌逐期發表，而引起了更多教師的注意。

民國六十四年十月，將軍出版社「新一代叢書」就以《兒童詩畫選》分為上下兩冊出版他們指導的學生作品集；上冊選集係蘇振明的學生作品，下冊是黃基博指導的；這也就是「萌芽時期」兒童自己寫作的兒童詩的具體成果的展現，使讀者清楚的從他們的作品中可以發覺到：教師對詩的看法和不同指導方式，會有不同形式的作品出現，同時也證明兒童寫詩，只要教師有適當的指導、啟發，就能憑藉他們有限的語文能力，透過他們敏銳的直覺感觸和奇異的想像而天真無邪的表達或反映他們的心聲，寫出令人喜愛的詩篇。

在此特別摘錄蘇振明和黃基博在《兒童詩畫選》序文中所寫的話，以便瞭解對兒童詩的看法，也可試以窺探他們以如何的觀點來指導兒童寫詩。

蘇振明說，我始終認為：

——「兒童詩」是兒童感性的心聲;是兒童的幻想、祈望,以及彩色的綺夢。

——「兒童詩」是兒童多彩多姿的「生活日記」,也是有深刻觀察的「心得報告」。

——「兒童詩」是兒童動人的訴狀和正義的呼聲;也是兒童的「禱告詞」和「懺悔書」。(見上冊序文〈為孩子開闢「詩畫」的樂園〉)

黃基博說:我個人認為,兒童詩的寫作,最主要的目的便是表現自己內心的感動。文字有韻無韻並沒有多大的關係,只要念起來順口、音感效果好就行了。此外,還有把握兩個要點:一、寫出美麗的想像。二、寫出動人的情意。(見下冊序文〈怎樣寫兒童詩〉)

教師指導兒童寫詩,觀念的正確與否,對兒童的作品,具有決定性的影響;當然,在「萌芽時期」,一切都在嘗試,我們自然不以是否盡情表達了他們的心聲作為期許,故對於他們大多還停留在描寫自然景物的作品,雖缺少情意,但仍應該給予鼓勵,因為這樣的寫作,也是兒童感性對自然景物的一種表現,是順理成章的事;以黃基博的學生黃幸玲小朋友寫的〈湖〉和周素卿小朋友寫的〈雨點〉兩首被選入國小國語課本第九冊來看,就是一個很好的例子。

黃基博指導兒童寫詩的方法和心得,後來也編成一本《怎麼指導兒童寫詩》,在民國六十五年十一月由屏東太陽城出版社出版。

一種新興文學的興起,必要有一批熱心的人參與,然後才能透過各種傳播媒體的介紹而加速普遍推展;在這個時期,兒童詩之能夠很快的引起注意，而開啟教學和寫作的風氣，有幾個刊物和一些熱心人士的推波助瀾，功不可沒。

在刊物方面，如前面所說的《笠詩刊》，和後來國語日報的《兒童文學週刊》，以及《兒童月刊》、《小讀者》等，都有或多或少的貢獻；而這些刊物，都集中在台北市區，無形中兒童詩的推廣工作，一時也就以台北市形成一個重心，而以《笠詩刊》、《兒童文學週刊》和《兒童月刊》的貢獻為最大。

《笠詩刊》當時由詩人趙天儀主持編務，除率先提供園地之外，他個人也在這個這期開始為兒童寫作兒童詩，並且從民國六十一年八月，《笠詩刊》第五十期起，陸續以卷頭語的方式撰寫有關兒童詩的短論，分別以〈兒童詩的開拓〉、〈兒童詩的創作問題〉及〈兒童詩的現代化〉等文加以鼓吹，同時提出了他對兒童詩的寫作和教學的看法。

到了民國六十五年二月，《笠詩刊》第七十一期更以兒童詩的討論專號出版，而影響了別的詩刊，如《秋水》、《葡萄園》、《草根》和一些兒童期刊（如《兒童天地》、《作文月刊》等，也相繼設立兒童詩的園地，或出版兒童詩專輯，一時蔚為風氣。

《笠詩刊》第七十一期評論文章計有：趙天儀〈兒童詩的創作問題〉，林鍾隆〈談詩「象」和詩「心」〉，詹冰〈兒童詩的隨筆〉，黃一容〈童詩探討〉，白沙堤〈拓展兒童詩的領域〉，徐守濤〈淺談兒童詩的創作〉，張水金〈兒童詩教學經驗談〉等，廣泛涉及了兒童詩的種種實際問題，值得參考。

此後該刊還陸續發表林鍾隆、周伯陽等的評介文字，對兒童詩的寫作、教學等觀念的確立，都有或多或少的作用。

國語日報《兒童文學週刊》是民國六十一年四月二日創刊，每週一期，由兒童文學作家馬景賢主編，對兒童詩的創作、指導及理論的探討，做了很大的貢獻。從創刊至目前（五〇〇期）為止，計登載有關兒童詩文章多達一百八十餘篇，成為兒童詩理論指導的重鎮，對台灣兒童詩近十餘年來的推廣工作，能迅速深入到每所小學，的確是具有決定性的影響。

首先是，在同年七月十三日刊出我國旅美女詩人王渝寫的一篇報導——〈孩子與詩〉，介紹當時美國詩人坎尼期・可克在紐約公立第六十一小學教兒童寫詩的情形和他的觀念及指導方法；他的方法是從欣賞朗誦開始，培養兒童的興趣；至於觀念方面，他明確的主張：一、用兒童語言寫詩。二、用字、文法和標點符號，不必要求過嚴，以免妨礙兒童的思考。三、作品好壞，都應加以讚美。四、儘量協助兒童從事創作。

這一篇文章的刊登，很快就獲得了不少的迴響，也為教師們提供了實際教學的參考。此後，有關討論兒童詩的文章就不斷出現，對兒童詩的理論建立和教學指導等實務性的探討，較重要的有林桐（傅林統）、林鍾隆（林前、林外、林容）、鄭明進、黃基博、藍溪（藍祥雲）、林良（良、子安）、知愚（馬景賢）、楊靜思、許義宗（小園丁）、趙天儀、林武憲、張惠螢、曾妙容（小容、妙容）、江音等。

此外，國語日報「兒童版」也以同年十一月十五日刊登徵稿啟事，以登載成人寫作的兒童詩作為呼應；在有理論又有作品的推展之下，兒童詩很快的就在「萌芽時期」奠定了正確的觀念，而加速成長。

《兒童月刊》在民國六十一年五月一日正式創刊，出版第一期；但在同年二月一日就出了一本「試刊號」，叫〇期。這份刊物的創刊，是富有理想的，據說是由當時在美國留學而關心國內兒童教育的一批人募款寄回來創辦的，女詩人王渝就是其中之一；而編務則託付給國內一些同樣富有理想的年輕人，如王杏慶等一開始就義務參與籌劃，並負責實際的編務。

從第一期開始，《兒童月刊》就刊載成人和小朋友寫作的兒童詩；而且在第一年中，每期都選刊一首楊喚的兒童詩作為欣賞和寫作的範例，可見對於兒童詩的提倡，他們也極為重視。

該刊在兒童詩「萌芽時期」，除選刊楊喚作品十二首外，計登載成人和小朋友作品三十餘首，其中有兩位小朋友表現得特別突出；一位是在國內的林于竝小朋友，他共發表了〈媽媽的腳趾〉、〈醒了〉、〈雨點〉、〈照鏡子〉、〈月亮〉等五首，而每一首都有不同凡響的表現，令人驚訝！如〈照鏡子〉，他說：

「你是我／我也是你／你被關在冰塊裏／跳不出來／我擠在大自然裏／跳不出去／你不是我／我也不是你」。林于竝當時就讀彰化南郭國小四年級，他的父親，就是現代詩人林亨泰。另外一位是旅居英國的蔣觀心小朋友，她當時才十歲，雖然發表的只有〈從窗口望出去〉和〈小孩兒〉兩首，但與國內小朋友作品卻有很大的不同，如「小孩兒」所寫的，她說：

「小孩兒在海上玩兒，／小孩兒在陸上玩兒，／小孩兒在到處玩兒。／在海上小孩兒捉魚，／在陸上小孩兒爬樹，／小孩兒到處玩兒。／在床上小孩兒玩丟枕頭，但是小孩兒應該去睡覺，現在不能再玩兒。」這是多麼完整而又富有意味，值得國內小朋友欣賞，並向她學習如何觀察、如何表現自己的意識。

在台灣兒童文學界裏，從事兒童文學的寫作，一向都是由教師們在默默的耕耘；而兒童詩的興起，也自然而然的以教師作家為主；在此一階段中，較常發表的，計有林武憲、黃基博、張彥勳、張水金、郁化清、黃清波、程悅君、魏桂洲、馮俊明、羅悅玲、林鍾隆、曾妙容、林美娥等；而詩人、作家有意投入這個行列的，此時似乎只有林良、詹冰、趙天儀、謝武彰和筆者等數位而已。

兒童文學由從事教育的教師們來倡導、推行、寫作，是佔有很大的地利之便，尤其國小教師們長久的與小學生相處，對於兒童心理的捉摸能更把握；但能有從事文學創作的參與，對於兒童文學的品質之提高，卻也有相當的幫助。因此兒童詩在「萌芽時期」，對於詩質的重視，也適時的做到了應有的考慮。

下面就以結集出版專集的幾位作者略加介紹：

林武憲的作品，在民國六十一年十二月三十一日由台灣省教育廳列入「中華兒童叢書」出版，以《怪東西》為書名；他對語文、兒歌、謎語的研究，均有相當成績，故他作品，也都能兼顧到文字的優雅與詩趣的把握。

曾妙容當時才從屏東師專畢業，是剛出道的小學教師，在師專時因接受黃基博的指導而從事兒童詩和童話、小說的寫作；她的第一本兒童詩集，在民國六十三年四月出版，書名是《露珠》，集中大部份作品都還待琢磨，但在寫作精神上，卻擁有一股衝勁，故她的兒童詩在第一屆洪建全兒童文學創作獎徵稿中，就獲得了童詩組的佳作獎；而她的童話、小說，則接著在第二、三屆連續得了正獎；至於她的第二本兒童詩集《紙船》，也很快在二年後推出，並且有較成熟的表現。

黃基博、謝武彰和筆者的作品，則晚到民國六十五年才相繼出版；以寫作和出版時間的先後來說：筆者的兒童詩集《童年的夢》和《妹妹的紅雨鞋》分別在六十五年四月和十二月出版；前者以回憶童年的生活為題材，抒寫感念母親的心聲，大多寫作於民國五十七、八年；而後者則以現代兒童心理、遊戲、生活為題材，大部份作於六十三年前後。謝武彰的作品《天空的衣服》，列為「中華兒童叢書」；集中收錄〈天空的衣服〉和〈四季的接力賽」兩首長詩，是以想像為基礎，描寫天空的景物和四季的變化。黃基博的作品《看不見的樹》，收集他歷年所寫的兒童詩七十餘首；他和謝武彰的作品，可以他們合得第一屆洪建全兒童文學創作獎童詩組得獎作品《媽媽的心，春》作為代表，兩人都有優美的想像，而各具不同的表現。黃基博較注重情意美，而謝武彰則更側重技巧與異想。

兒童詩能夠在這三、四年短短的「萌芽時期」中確定了寫作和教學的標的，除有以上幾個刊物和一些先行者熱心倡導外，全省國小兒童文學師資的培養，也是一個重要的關鍵；在師資的培養上，台灣省教育廳「板橋教師研習會」從民國六十年起，每年舉辦「兒童文學研習會」，分期徵調全省各小學對兒童文學有興趣的教師參與研習，把兒童詩教學、寫作、欣賞等列為重要課程，使接受該項研習的教師們回到工作崗位後，即可從事實際的教學工作，讓兒童詩迅速而普遍的在全省各小學中撒下結實的種子，這個研習會的存在，誠然具有莫大的功勞。

3.成長時期（六十三年—六十八年）

台灣兒童詩的發展，由於在「萌芽時期」就尊定了良好的基礎，既有成人專為兒童寫作的詩作為教學參考，又有教師嘗試教學的成果不斷發表，以及兒童文學家的理論配合和鼓吹；所以，兒童詩一進入「成長時期」，很快就展現了一片蓬勃的氣象；套一句俗語，可說：「百家爭鳴」、「百花齊放」！

在這個階段，為更清楚理出一個發展的軌跡，筆者擬就下列幾個方面分別加以介紹。

(1)獎勵方面

古今中外，各種文學獎的設置，雖不一定能激發作者產生最好的作品，但不可否認的是，經由文學獎的徵稿，卻最容易看出成果。

在台灣，對於兒童詩的寫作者予以實質獎勵的，應首推洪建全兒童文學創作獎童詩獎。

洪建全兒童文學創作獎係由洪建全文化教育基金會於民國六十三年四月設立，同時舉辦第一屆徵稿；包括少年小說、童話、童詩、圖畫故事等四類，每年舉辦一次。

第一屆徵稿，童詩組應徵件數最多，達二百四十餘件；以每位作者應徵作品最少二十首計，有二千四百餘首之多；這種寫作熱潮的掀起，是前所未有的；只有我們繼續努力，誰敢說我們中華民族沒有恢復「詩的民族」的可能？

以第一屆得獎名單及作品來看，有黃基博《媽媽的心》、謝武彰《春》（各十八首合得正獎），林煥彰、黃雙春（風美村）、曾妙容、吳啟銘（各八首分別得佳作獎），及張寶三、呂錦堂、李炳南、劉彩香、陳玉珠、郭文圻、林清泉、陳瑞忠、賴麗美、吳繳廉、劉君業、嘩音、趙國瑞、郁化清、鄭明助、馮輝岳、谷帆、周靜琬、黃慧娟（各一～三首，為入選獎）等二十五位九十四首，堪稱一時之選，而贏得不少好評。

此後，每年舉辦一次，迄六十九年第七屆為止（註），每屆應徵件數都保持在各類應徵作品之冠；其影響之大，對台灣兒童詩的推展，有不可抹滅的功勞。

該獎歷屆得獎作品已出版有：《媽媽的心，春》、《兒童詩佳作選》（第一屆），《有翅膀的歌聲》、《蝴蝶飛舞》（第二屆），《自己編的歌兒》（第三屆），《秋天的信》（第四屆），《升旗》（第五屆），《明天去遠足》（第六屆）等八冊，作者除前述第一屆得獎及入選者外，尚有：詹朝立（詹徹）、方素珍、袁則難、黃瑞琴、林隆旗、馮俊明、辛夕筠、李志剛（李男）、李志皓、杜榮琛、莊麗華、曾雪真、詹益川（詹冰）、張惠螢、林武憲、蔡季男、傅嘉輝、張維林、陳木城、陳芳美、劉志誠、張清池、蔡慧娟、林智敏、李清華、黃逸斌、吳英玉、謝新福、古淑松、謝宗仁、程悅君、朱邦彥、林亭、魏桂洲、梁定澎、黃文鶯、張清榮、劉秀玲、鄭春華、黃寶洲、陳雪英、李國躍、趙淑貞、張曉風、王楨文、廖木坤、蘇對、楊御龍、張水金、尤增輝、邱雲忠、廖永來（廖莫白）、夏婉雲、張澄月、林美娥、張福原、洪淑惠、黃漢欽、呂誠敏、陳念慈、蔡慶賢、徐士欽、劉明珠、李魁賢、宋瓊娥、劉正盛、林玲、蔡秀娟、李飛鵬、王良行、何光明、葉翠蘋、吳進得、蘇文湧、李智勝、吳光興、華梅、陳宏銘、吳文雄、朱秀芳、林春鶯、凌俊嫺、吳麗櫻、邱阿塗等八十餘位，其中有謝武彰、林煥彰、黃雙春、曾妙容、吳啟銘、張寶三、呂錦堂、陳玉珠、郭文圻、林清泉、郁化清、鄭明助、馮輝岳、詹朝立、方素珍、馮俊明、杜榮琛、詹益川、林武憲、朱邦彥、李國躍、徐士欽、王楨文、劉正盛、張水金、陳芳美、張福原、林美娥、黃清波等二十多位曾連續數次獲得正獎、或佳作、或入選等獎勵，可見他們的作品都能保持一定的水準；而這些作者還包括了幾位名家，如詩人詹冰、李魁賢，散文家張曉風，小說家楊御龍等為兒童詩投入不少愛心和智慧。

兒童詩是詩的一種，而且是由新詩發展出來的清新而又富有情趣的一種；成人專為兒童寫作的詩，多能以新詩的形式和兒童能夠領會的語文來表現兒童樂於接受的內容；而這些得獎或入選作品，有不少篇章確實已經為新詩開拓了新的領域；尤其在題材的發掘方面，有很多沒人寫過，或以為沒什麼好寫的題目，卻不斷的在兒童詩中出現，使兒童詩不只是專為兒童寫作，還為成人提供了回憶童年的最佳讀物，真正達到「老少咸宜」的境地；比如詩人詹冰寫的〈遊戲〉，就一再被引用作為兒童詩極富童趣的一個例子：

「小弟弟，我們來遊戲。
姊姊當老師，
你當學生。」
「姊姊，那麼，小妹妹呢？」
「小妹妹太小了，
她什麼也不會做。
我看——
讓她當校長算了。」

再如風美村的〈有翅膀的歌聲〉，更是想像優美、節奏輕快：

清溪的歌聲有一對對潔長的翅膀
琤琤琮琮地飛進我們的心裏
微風的歌聲有一對對柔軟的翅膀
婀娜多姿的飛進我們的心裏
雪地的歌聲有銀白的翅膀
快樂的歌聲有甜蜜的翅膀
回憶的歌聲有回憶的翅膀
藍色的歌聲有藍色的翅膀
所有的歌聲都有翅膀
等著我們打開心扉
讓它們翱翔，翱翔

縱觀洪建全兒童文學獎童詩組歷屆得獎作品及應徵的踴躍，可以肯定該文學獎的設置，對台灣兒童詩的推動，具有決定性的影響，甚至可以說，目前積極推展兒童詩的中堅人物，就是該獎獎勵的結果。

此外，對兒童詩的寫作者給予獎助和肯定的，是民國六十七年中山學術基金會以兒童文學類的名義頒予筆者「中山文藝獎」；給獎的作品是：筆者於民國六十五年分別由光啟社、純文學出版社出版的《童年的夢》和《妹妹的紅雨鞋》，在兒童文學界而言，其意義更大，因為該獎自　國父孫中山先生百年誕辰（民國五十四年）設置以來（十餘年），第一次授予從事兒童文學的寫作者，正面的肯定了我國兒童詩的成就，並獎勵大家繼續努力，為兒童創作更美好的兒童文學。而筆者也從此許下心願，願以更多的心血獻身於兒童文學的各種工作。

(2)研習會的舉辦

也許有人認為：文學的創作，不是可以「教」得出來的；但個人認為：初學者若有機會多了解別人寫作的經驗，必定可以縮短摸索的路程，而加快邁開創作的步伐。因此，筆者認為：台灣兒童詩的發展，在近十餘年間能迅速展開，各種研習會肯把兒童詩的欣賞、寫作等納入教學課程，是有很大的幫助。

最早把兒童詩納入研習課程，是板橋教師研習會的「兒童文學研習會」，從民國六十年夏天開始；而台北市教育局也於六十四年起每年舉辦，並與《中國語文》月刊配合，將學員的優良作品分期刊登，作為鼓勵。

板橋教師研習會和台北市教育局所舉辦的「兒童文學研習會」的學員，都是以國小教師為對象；對於寫作人才和師資的培養，以及教學推廣的工作，具有相當的實效。

其他如文復會於各縣市舉辦「教師兒童文學研習會」，耕莘文教院暑期寫作班，桃園、宜蘭、高雄、屏東、苗栗、台中、台東等各縣市教育局、青年救國團及各大學、師專院校文藝社團等所舉辦的研習會，也都在這個時期紛紛把兒童詩納入研習的課程，使全省各地區中小學教師、文藝青年普遍對兒童詩產生興趣，並進而參與指導學生寫作，而蔚為風氣。

在這些研習會中，經常應邀主講兒童詩的有：林良、林鍾隆、趙天儀、蓉子、林武憲、傅林統、藍祥雲、許義宗、黃基博、徐守濤、張水金、謝武彰、李魁賢和筆者等。

(3)教學方面

從「萌芽時期」開始，指導兒童寫詩的消息就不斷傳開，因為從事國小教育的教師們已發覺到：透過兒童詩的教學，不僅對學生語文能力的提高有很大的幫助，而且能培養兒童學習的興趣，並激發他們發揮創作的才能，因此國小教師指導兒童寫詩也就越來越多；大多從民國六十六年起，兒童詩的教學就普遍的走入國民小學；而以北、中、南部為最盛，如北部有：張水金、談衛那、彭桂枝、林良雅（莫渝）、夏婉雲、邱阿塗、傅林統、廖明進、馮輝岳、謝新福、楊真砂、呂金台、鄧楊華、陳大城、林芳騰、李國躍等；中部有：洪中周、廖貴美、蘇武多、杜榮琛、劉丁財、洪志明、陳清枝、洪月華、林武憲、蔡榮勇等；南部有林加春、王萬清、林仙龍（簡簡）、林玉奎、林彩鳳、林美娥、陳佳珍等，他們不僅指導兒童寫詩，自己還不斷在報章雜誌發表教學心得，或出版專著，如王萬清的《兒童文學教育》、陳清枝的《兒童詩教學研究》、傅林統的《童詩教室》、洪中周的《兒童詩欣賞與創作》等，都成為目前指導兒童寫詩者值得參考的資料。

在這「成長時期」中，除以上介紹的國小教師指導學生寫作之外，屏東師專則有徐守濤、北市師專有許義宗等為培育將來的師資而默默工作；如陳國泰、林加春、林明慎、張惠螢等就是徐守義的高足，而她自己也於民國六十八年出版《兒童詩論》，是目前較有系統的一本專著；許義宗也在同年出版一本《兒童詩的理論與發展》，而他的學生，如褚乃瑛、陳雪英等都有過優異的表現，前者已出版一本兒童詩集《四季的風》，後者則得過第二屆洪建全兒童文學創作獎童詩組佳作獎。

(4)園地的開拓和出版

有作品還要有地方發表或出版單行本，才是實質的鼓勵，對寫作者來說，也才能維持長久寫作的興趣。

自有國小教師普遍指導學生寫作以來，兒童詩的產量，沒有指導經驗的人一定不會相信兒童寫詩又多又快；兒童不斷的寫作，就必須要有更多的園地提供發表他們的作品，才能滿足他們的發表慾，並影響更多的小朋友也參與寫作。

此時，台灣所有兒童刊物，各大報兒童版幾乎都已開始發表兒童寫作的詩，尤其《兒童天地》從六十三年九月起，開闢「兒童詩園」，請陳千武負責評選；《時報週刊》開闢「拜訪詩的花園」，請謝武彰負責；民生報「兒童版」，找筆者撰寫「兒童詩選讀」（每週一篇），都是以選刊兒童寫作的詩為評介的對象，有觀摩和更積極的鼓勵作用。

民國六十六年四月，台灣第一本兒童詩刊《月光光》誕生，是一件莫大的喜事；這份刊物，雖然只是二十四開薄薄的二十四頁，但每兩個月出版一期（平均在百首以上）刊登成人和兒童寫作的詩，是具有很大的鼓勵作用。它是由林鍾隆發起並負責編務；同仁有顏炳耀、徐正平、范姜春枝、鄭石棟、孔祥麟、陳正治、馮俊明、鄭發明及熱愛兒童詩的作家等二十多位。發刊辭〈我們的話〉係林鍾隆以編者名義發表，可歸納成四點理想：

> 1.我們是文化古國，我們中華民族是「詩的民族」，因此，我們的兒童，必須從小就能享受詩的歡樂。
>
> 2.我們不希求孩子們能成為詩人，……我們所期望的，只

是讓孩子們有詩可讀，讓孩子們也能像成人一樣，以吟詩作樂，並以能作詩為自我高尚的樂趣。

3.我們要鼓舞孩子們，寫出內心深處的心聲，發為吟咏歌唱。

4.我們是這樣一群傻子，希望大家支持我們，……讓我們的孩子，心靈更豐富、更充實、更美。

林鍾隆從「萌芽時期」開始，就積極從事兒童詩的推展工作；他一面創作，一面譯介日本兒童詩，而且能寫評論又熱心指導寫作；在創辦《月光光》之前，他出版《兒童詩研究》，就是他歷年來在《笠詩刊》、《中國語文》、《兒童文學週刊》等發表談論兒童詩的文章，包括討論〈兒童詩的教育〉、〈兒童詩的『閱讀』研究〉、〈談詩『象』和詩『心』〉及〈兒童詩創作原則〉等十六篇；他對兒童詩的看法，在〈兒童詩創作原則〉一文中，根據他所讀到的「外國」兒童文學研究者的心得，而提出十三個原則，他說：兒童詩必須是繪畫的；形象需要有急速的交替；繪畫同時必須是抒情的；要注意韻律的可動性和可變性；詩語要儘量賦予音樂性；童詩的韻，彼此之間應該配置在極近的距離；擔任韻的語辭，要讓它能夠代表全句的意義，意義的最大的重量，必須放在這些語辭的上面；不論哪一行都必須各個有它的生命，各個都應該是有機體；不可用上太多的形容詞；寫給幼兒閱讀的詩，韻律必須用強弱格；必須要能成為遊戲的歌；必須也是大人的詩；在自己的作品上，我們與其設法順應孩子們，不如設法使孩子們來順應自己，並且必須設法順應自己的（大人的）感覺和思考。

《月光光》的創辦，對作者和國小教師指導學生寫作有很大的精神鼓勵；從第一年開始就設立「月光光獎」，就該刊當年發表作品，分成人和兒童兩組，聘請評審委員以通訊方式評分，每組選出十首給予象徵性的獎金（成人作品五百元，兒童作品一百元）和獎狀；林鍾隆為了紀念他太太彭桂枝老師生前指導兒童寫詩的貢獻，在她病逝後不久，即民國六十七年起設立「彭桂枝兒童詩指導紀念獎」。

歷屆獲得該獎的：(1)成人有：黃基博、林煥彰、馮輝岳（馮嶽、致遠）、林外（林鍾隆）、褚乃瑛、林美娥、陳雪英、李國躍、林淑娟、馮傑美、南星（林彩鳳、林蘭）、吳澤民、謝新福、詹冰、鄧揚華、楊秀娟、廖明進、紀雲、吳妙娟、舒蘭、林建助、思秋蘭、杜榮琛、陳清枝、范姜春枝、趙天儀、葉林、九民、李峯、田松、晶冰、鄭文山、侯清欽等，其中林外、馮輝岳、黃基博、南星、楊傑美、杜榮琛等有二首以上獲獎。(2)兒童有：高文坡、曾錦山、程貴和、葉孝芝、黃慧珍、劉義惠、江春美、李怡晨、陳瑋瑾、黃璟仍、周美鑾、胡安妮、游徐昭平、陳得文、吳育玫、洪川詠、林伶蓉、林佩華、鄒敦怜、楊肇峯、洪珍瑜、洪如娟、江厚義、蘇意雯、林靜萍、吳秀瓊、張晉榮、鞠翠娟、郭秀鑾、李如瑩、曾久芳、蔡繼元、王俊煌、林貴美、歐陽美蘭、施熙怡、洪素真、許雅雅、王俊翔、廖永禎、李勻秋、張良羣等，其中程貴和、陳得文、蔡繼元等有二首以上獲獎。

至於指導老師獲得「彭桂枝兒童詩指導紀念獎」的，有第一屆：林彩鳳、洪月華；第二屆：蔡榮勇、黃基博。第三屆：林美娥、杜榮琛、馮俊明、劉丁財。第四屆：蘇武冬、蔣朝根、陳瑾容、林秀雲、郭儀。

目前，《月光光》已出版四十一期，其選稿和編排，似乎較注重大量刊登以鼓勵寫作為主，致使有不少作品欠缺詩質和情趣，甚至仿作、抄襲的亦屢見不鮮，是美中不足的地方。

兒童詩在進入「成長時期」時，由於普遍受到注意，很多出版社也開始主動邀請作者、指導者編選兒童作品出版專集，對於兒童詩的推展，更具鼓舞作用；從民國六十三年到六十八年為止，就出版了四十餘本，除洪建全兒童文學創作獎童詩組得獎作品集八冊，及前面提到的數種之外，較重要的還有：林武憲編的《小河唱歌》，林良的《小時候》、《兩朵白雲》、《動物和我》，楊喚的《水果們的晚會》，羅悅玲的《夏日的回憶》，謝新福的《媽媽有兩張臉》，林仙龍指導的《小詩人》（四集），趙天儀編的《時鐘之歌》，林鍾隆的《星星的母親》，林武憲的《井裏的小青蛙》，謝武彰的《越搬越多》、《我們去看湖》和筆者的《小河有一首歌》等。

這個階段陸續投入寫作行列的詩人、作家，除前面提到的，還有李莎、向明（冬也、仲哥）、夐虹、麥穗、雪柔、非馬、羅青、涂靜怡、林仙龍、渡也、嚴友梅、周伯陽、芮家智、林玲、盧繼寶、林建助、周緒寧等，而成績較為可觀的，有林仙龍、渡也、嚴友梅、林建助等，他們後來也都出版了兒童詩的專集。

4.推廣時期（六十九年）

兒童詩在「成長時期」的確呈現了蓬勃的氣象，令人欣喜；但要使兒童詩更長久更普遍的在每一代兒童心裏扎根、結果，我們還必須盡更大的努力去推廣才行。兒童詩的教學，對兒童來說，它不僅是一種「語文的教育」，而且還是一種「心靈的教育」和「才能的教育」；總之，要推廣兒童詩的教學，就必須要有更多的傳播工具來參與，尤其專門性的刊物，才能集合更多的智慧和經驗，提升教學方法，而創作更好的作品。

民國六十九年，兒童詩進入「推廣時期」，除了前述各種兒童期刊、各大報兒童版繼續提供發表園地外，中央日報「兒童週刊」也以「我的小詩」為專欄，每週固定選刊成人和小朋友的作品，並於七十年四月出版一本《我的小詩》，收有郁化清、劉丁財、林美娥、仲哥、杜榮琛、周緒寧、林蘭、劉正盛、郭文圻、黃清波、簡三郎、羊牧等二十餘人四十六首詩。

更積極的是，有一批國小教師及作家不約而同的分別在北部和南部創辦三個專門性的兒童詩刊，對兒童詩的教學真正的投下了心血和有限的金錢；此就創刊先後介紹如下：

《大雨童詩刊》，六十九年一月創刊，二十四開，每兩個月出版一期；同仁以北部熱心指導兒童寫詩的國小教師為主，有林芳騰、李國躍、賴銘宗、李漢敦、余適民、林素圓、林文和、施秋蓮、郭端鎮、翁健、謝松輝、魏垚正等分擔印刷費用；他們創刊的宗旨是：「為了使小朋友們能增加生活的情趣，在課餘能充分的放鬆心情，痛快的抒發心胸，並接受詩的陶冶。」它的最大特色是；全部以刊登兒童寫的詩為主，另以發表教師教學心得或評論為輔。可惜的是，出版第三、四合期後，就因為有受人惡意中傷，使部份同仁感到洩氣，而影響出刊經費的籌集，只好忍痛讓它夭折！

《風箏童詩刊》，也於同年同月創刊，二十四開，不定期；它的成員均出身於屏東師專，幾乎都是徐守濤的高足；他們對兒童詩的狂熱，像傳教士一樣，共同奉獻。主要成員有：林素貞、吳淑媚、曾菊英、張惠棉、黃玉慧、莊國明、蔡清波、盧錦得、蘇清進、劉明宗、林加春、李升貴、蔡誌山、許金周、陳國泰等，並聘請徐守濤為顧問。他們的宗旨是：(1)集結同好者研習創作廣泛推行，切磋切磋。(2)鼓勵、指導小朋友放開天真的心境來創作。

該刊目前已出六期，曾舉辦三次徵詩比賽，一次兒童詩歌夏令營活動，鼓勵兒童寫作；第一次以「姊姊的笑容」、「螞蟻」兩幅圖片為主題，分低、中、高年級三組，得獎者有：低年級張秋萍、黃志忠、樂麗欣、王志銘；中年級謝沛諭、黃于真、陳柏勳、曾耄榮、吳弘一、許文豪；高年級洪素真、許琇瑩、張榮權、張信義、陳金助、洪川詠；其中張秋萍、張信義兩位小朋友所寫兩個主題均獲入選。第二次以十二生肖動物為主題，也分低、中、高年級三組，得獎者有：陳文豪、洪塗城、林志達、張惠雅、蘇俊龍、黃瓊慧、嚴順正、鄭悅承、柯朝元、歐欣男、張維芳、詹秀卿、林月靜、魏金桃等。第三次主題是天空的自然景象和景物，得獎者有：黃柏舜、葉佳鑫、張麗雯、張文宗、蔣蘭芬、林揚章、黃惠芳、呂蒨茹、林東賜、鄭雲如、吳政雄、陳德源、田富彰、陳招治、李滿、吳惠莉等。

該刊除刊登成人和小朋友的作品外，在理論、教學方的的探討，也頗有建樹，如林加春的〈童詩的欣賞和剖析〉、〈談童詩的比擬法〉、〈欣賞西風的話〉，徐守濤的〈如何指導兒童寫詩〉、〈一首美麗的圖畫詩〉，蔡錦德的〈心靈的悸動〉、〈讓盲童也享有童詩的喜悅〉，蔡清波的〈給予兒童乘坐想像的列車〉，趙天儀的〈成人創作兒童詩的態度〉，蔡榮勇的〈兒童詩要遊戲化〉，朱介凡的〈論兒歌跟兒童詩〉及筆者的〈要適當修改兒童寫的詩〉、〈要幫助他們建立正確的觀念〉等都有值得參考的地方。

《布穀鳥兒童詩學季刊》同年四月四日創刊，二十四開六十四頁；在篇幅上，是比較多的一本。《布穀鳥》是筆者與詩人薛林、舒蘭共同發起，邀請兒童文學作家、教師及各階層熱心人士加入同仁，迄目前為止，計有二百六十餘位，遍佈全省；其中以教師為最多，約佔二分之一強，對於刊物的發行和影響，具有相當的優勢，因此，一創刊發行量就多達三千多冊，自第五期開始，增加到六千冊，使這份刊物成為「後來居上」，知道的人也最多。

我們的理想是：學習布穀鳥催耕和播種的精神，而明確的訂定了三點目標：為建立中國兒童詩的理論，為提高中國兒童詩的品質，為推廣中國兒童詩的教學而創辦；在做法上，則以提倡兒童詩的創作、理論、批評、教學研究，並結合兒歌、童謠、童話、美術和音樂；目前除「童話」較佔篇幅尚未做到外，其他各項都適當的運用了有限的篇幅、做有計劃的刊載，如每期請一位本國畫家提供作品做封面、封底及內頁插圖，就很容易而有效的與美術結合；第一期是版畫家陳其茂早期木刻版畫選刊，第二期是祖母畫家吳李玉哥的作品選刊，第三期是兒童讀物插畫家鄭明進作品選刊，第四期是剪紙藝術家張有為的作品選刊，第五期是旅加青年畫家梁小燕的作品選刊，第六期是兒童讀物插畫家董大山的作品選刊，第七期是兒童畫家陳維茵的作品選刊，第八期是青年漫畫家林文義的漫畫選刊；另外，為擴大教學成果，於第二期舉辦兒童寫詩比賽，得獎作品三十首在第三期刊出，並徵求兒童配畫，在七十年二月以《海浪的聲音》和海寶國小學生作品集《海寶的秘密》同時出版單行本；並且自第五期開始，每期選定一個主題邀請教師們指導學生寫作，如第五期以「春天的詩」為專輯，第六期以「水果的詩」為專輯，第七期以「節慶的詩」為專輯，第八期以「動物的詩」為專輯等刊出，而收到良好的效果，同時為教師們提供更多專題作品作為教學資料，極受歡迎。

至於理論方面，則有林良的〈談兒童詩的寫作〉、〈談兒童詩裏的語言〉，徐守濤的〈童詩的情趣〉、魯蛟的〈楊喚的童話世界〉、向明的〈楊喚與米爾思〉、傅林統的〈談小學的詩教〉、杜榮琛的〈如何教兒童開始寫詩〉、〈兒童創作圖畫詩的突破〉，陳義芝的〈童趣天成——析論江南可採蓮〉、洪中周的〈兒童詩的教學〉、陳清枝的〈談兒童寫詩抄襲的問題〉等及莫渝、徐守濤、洪志明、向明、林仙龍（簡簡）等撰寫怎樣欣賞楊喚的兒童詩；舒蘭、謝新福、楊傑美、羅悅玲、陳玉珠等談一首詩的寫作經過；林鍾隆、趙天儀等評介一本兒童詩集：李魁賢《動物詩園》，詳論動物的詩；王萬清的〈訪問兒童談寫詩的構想〉及〈教兒童寫詩〉等教學系列文章的連載，既有理論的探討，也有教學經驗的報告，都是有計劃的設計，為建立完整的資料而努力。

在提高兒童詩的品質方面，一開始即以選刊傑出作品的方式，作為「紀念楊喚兒童詩獎」的候選作品，並於創刊週年頒發「第一屆布穀鳥紀念楊喚兒童詩獎」；得獎作品是林外（林鍾隆）的〈我要給風加上顏色〉，頒予木雕「布穀鳥」獎牌乙座，儀式也簡單隆重，以對作者在兒童詩創作上的成就，表示至高的敬意。

另外，為鼓勵兒童寫作，也於第二年開始，邀得國大代表蘇玉尾女士提供獎學金，每學期三名，每名五百元；第一次以五、六期發表的學生作品為評選對象；經編委通訊選出黃于容、林靜萍、徐金花三位小朋友的作品，給予獎勵。

《海寶的秘密》出版後，掀起了一陣很大的迴響，使位於苗栗縣海邊的一所只有六個班級的小學校，在一夜之間聞名海內外；首先是，中國時報「人間版」，在七十四年四月四日刊出評論家沈謙教授以〈許諾孩子以玫瑰園〉為題加以評介，並以修辭學的觀點肯定它的成就；他在該文中說：「小詩人們雖然不懂得修辭學的理論和方法，但是在實際的創作過程中，卻創造了許多修辭的精彩例句；就比較常見的『譬喻』和『轉化』而言，警句雋語，隨處可見……」

接著的是《光華雜誌》六月號，以〈童言童語寫童詩〉一文（中英對照）報導訪問該校師生教學和寫作，並選刊他們的作品；這是一份對國外發行的大型刊物，其傳播之廣，是可以讓很多外國人知道的。而台灣日報「兒童天地」在六月二十一日，則以〈長在沙丘的海寶〉為題，做了一次「海寶國小兒童詩展」；同日該報副刊更以專題報導〈揭開『海寶』的秘密〉、〈海寶去來〉為題，以將近全版的篇幅連載兩天，而掀起了高潮，在大眾傳播上得到最大的精神鼓舞，為海寶國小全體師生帶來無上的榮耀。而中文版《讀者文摘》也在七十一年一月號，以兩頁的篇幅轉載他們的作品十首，更是成為海內外所注目的。

兒童詩到了民國七十年，則獲得更多大眾傳播的支持；如兒童節那天，「聯合副刊」出刊成人為兒童寫作的詩，作為「兒童節專輯，呼籲更多的人來為兒童寫詩。而中國時報除在「人間版」刊出沈謙評介《海寶的秘密》的文章，還另於「家庭版」出版「兒童節特輯」，請林武憲、張水金、謝武彰以〈大家來唱ㄅㄆㄇㄈ〉為題，就注音符號三十七個字母分別寫成三十七首兒歌，讓兒童在快樂中學習，並且由「ㄅㄆㄇ兒歌的門」進入語言、文字和知識的世界。

此外，就筆者所知道的，掌門詩社的《門神》也於四月一日出版「童詩專號」，內容詩歌及其相關書刊目錄、「花蓮縣壽豐鄉平和國小兒童詩展」、「施文宗小朋友童詩個展」（十六首）和簡簡的〈童詩，這朵小花〉（讀洛夫〈現代詩二〇問〉感言）。而其他的報紙或期刊，則開始分別邀請專人負責主持有關兒童詩的專欄；如民生報「兒童版」請林仙龍（簡簡）寫〈童詩的教室〉；聯合報「萬象版」請沈謙、羅青等，為兒童作品寫「詩話」配合刊出；《快樂兒童漫畫週刊》，請林鍾隆寫〈兒童詩指導〉；《王子半月刊》，請杜榮琛寫〈大家來寫詩〉；自由日報「快樂青少年版」，請劉丁財寫「童詩賞析」、高明德寫「童詩歌曲欣賞」；新生報「新生兒童」及《國語週刊》，請筆者分別撰寫「看詩寫詩」和「兒童詩教學專欄」；前者「看詩寫詩」同時由香港《大姆指半月刊》逐期轉載；而《黎明兒童》也開始發表筆者的〈童詩的比較欣賞〉和〈有聲的詩教學經過〉等數篇；而中國廣播電台「兒童音樂世界」節目，則於七月起邀請筆者撰寫兒童詩的教學講稿，每週一篇，並整理成數個單元，在《中國語文》連載。而目前傳播效率最大的電視台，如華視即於七十一年元月二十日晚間，在「新聞雜誌」節目中，播映海寶國小兒童詩的教學活動，訪問師生談兒童詩寫作，並朗誦他們的作品；時間長達二十餘分鐘，影響更廣。

在這「推廣時間」的初期，《中國語文》月刊也盡了不少鼓勵教師發表他們教學的心得；如從六十八年十月起，就陸續發表了杜榮琛〈教兒童詩所遭遇的難題〉、〈兒童詩常用字彙研究〉、〈如何指導兒童開始寫詩〉、〈談「趣味性的童詩」〉、〈兒童也能接受「圖畫詩」嗎？〉，黃基博的〈兒童詩的寫作指導〉、蔡榮勇〈兒童詩需要標點符號嗎？〉、〈指導兒童寫詩要從欣賞做起〉、〈「兒童創作童詩需要理論嗎」的迴響〉，洪中周的〈淺論「圖象詩」〉、〈談兒童詩需要理論〉，洪志明的〈兒童詩非用標點符號不可嗎？〉、〈一種技巧三種表現〉（略論兒童詩的圖畫性）、〈兒童詩的形式問題〉、〈如何為孩子寫詩〉，劉丁財〈從兒童詩發表園地談起〉、〈兒童創作童詩需要理論嗎？〉，鍾吉雄的〈兒童詩需要標點符號〉，馮輝岳的〈圖畫詩的趣味〉，子敏（林良）的〈詩的開放，詩的分工〉，徐守濤的〈兒童詩可以美化心靈〉等等。

至於這個階段出版的：(1)童詩集有：嚴友梅的《葉兒船》，詹冰的《太陽、蝴蝶、花》，馮輝岳的《大海的幻想》，陳玉珠的《水晶宮》，林加春指導的《我們就是春天》，戴惠華的《我的王國》（國中生，洪中周指導），林仙龍的《趕路的月亮》，杜榮琛的《稻草人》，林建助的《媽媽的眼睛》，陳木城的《樹和花》、《樹和果》，黃基博指導的《仙吉兒童》（二十五期），陳佳珍指導的《仙人掌兒童詩集》，林武憲指導的《新萌兒童詩集》，郭儀、黃木蘭指導的《小雲雀》，林玉奎指導的《金色的鳥》和筆者的《童詩百首》、《咪咪喵》等。(2)欣賞、指導的：傅林統編著《童詩教室》，林鍾隆的《兒童詩指導》，陳傳銘的《童詩欣賞》、《童詩寫作引導》，西門國小的

《詩歌教學研究》，和筆者的《兒童詩選讀》等。

而以學校為單位出版刊物鼓勵發表兒童寫作的詩，也紛紛在這個時候推出；高雄市前鎮國小，則更於七十一年一月創刊童詩教學研究《鈴噹》童詩半月刊，由林仙龍（簡簡）主編，開創了學校創辦詩刊的先河，該刊以發表該校學生作品為主，也以該校學生為發行對象，真正做到了詩教工作，由基層開始。

尤其可喜的是，台灣省教育廳已通令各小學從本七十一年度起，推展「童詩童玩」的教學活動，很多縣市並已指定學校展開教學觀摩，如今年三月十七日台北市西門國小舉辦「童詩教學觀摩會」，全市一百二十九所公私立小學均派教師參加，並出版《童詩教學研究》專集。筆者預料，這是好的開始，兒童詩的「推廣時期」必將更普遍的受到各界的重視，而獲得輝煌的成果。

5.檢討與展望

兒童詩是詩的一種，也是兒童文學的重要的一環；兒童詩必須是「詩」的，才能成為兒童文學的優美的一種；兒童詩是詩的一種，也是從新詩發展出來的一種，它承接了新詩的優美的一部份；但不可諱言的是：兒童詩這三十年來的發展，有優點，也有缺點；優點是：好的兒童詩，已經廣被成人和小朋友喜愛，而且在題材的開拓上，也為新詩提供了更廣濶的創作領域，很多原來不為人注意的，或不敢寫作的，或以為沒什麼好寫的題材，卻已在兒童詩中頻頻出現，而且都有優異的表現；尤其小朋友的作品，常會使讀者感到驚訝！而缺點是：很多人以為兒童詩是寫給兒童看的，很容易寫，只要讓兒童看得懂就行了，因此而忽略了兒童詩之為詩的本質！兒童詩是詩的一種，它就必須具有詩所需要的條件，至少也得把握詩質，始有值得讓人玩味、品賞的餘地。而糟的是：有不少小朋友抄襲、仿作的東西，經常在報章雜誌出現，影響了兒童的正常發展；但這個責任，應該歸咎於指導老師和編者疏忽的錯誤鼓勵：指導老師和編者都應負起責任，幫他們建立正確的寫作觀念，而明確的告訴他們：為了抒發自己的心聲，我們要學習如何以詩的方法來表達自己的感情、思想和觀念；而且，要有獨立思考的精神，才能養成創作的習慣。

寫詩是抒發自己的心聲，不能當別人的應聲蟲，更不該抄襲別人的作品，甚至仿作都不可以當作自己的作品來發表；仿作只是學習的一個過程，要創造好的作品，最好能夠縮短這個過程，而走向創作的路子；而一開始就把腳步邁開，路才能越走越寬濶、越遠大。

兒童詩，這十餘年來能夠迅速推展，完全是「鼓勵」的結果。這鼓勵，是來自各方面的支持，不是少數幾個寫作的人，或少數幾位教師所能夠做到的。尤其大眾傳播的參與，教育機構的重視，始能更順利的展開。

有自由的環境，始有自由創作的意念；有自由創作的意念，始有優美而豐富的收穫。將來，兒童詩要有更大、更長久的發展，除了繼續發揚過去的優點，我們更需要借助社會更大的力量，以精神和物質的雙重鼓勵，來激發更多的人為兒童寫作更優美的詩篇；也鼓勵教師們研究更輕鬆、有效的教學方法，使兒童有信心，樂意學習，而創作屬於自己的作品，而政府則應有計劃的選譯成外文出版，向海外發行，讓我們兒童寫作的詩，也像我們的兒童畫一樣，在國際上大放異彩，使我們的下一代享受自己的成就，而更充滿了信心，為國家做更多有益的事情。

寫於1982.04.15

附註：本文係倉促完成，因資料不夠完備，錯漏之處，尚祈先進指正；筆者有意進一步撰寫兒童詩這三十年在台灣發展的詳細經過，期望讀者提供有關資料。

再創童詩的美好時代

「詩人楊喚不幸逝世於民國四十三年三月七日上午八點四十分，在台北西門町平交道上。他享年不滿二十五歲。」（見詩人葉泥〈楊喚的生平〉，收在（楊喚詩集《風景》，43年9月出版）。三月七日這天，是禮拜天；據說，楊喚是為了看一場勞軍電影《安徒生傳》。楊喚在《風景》中有一首〈感謝〉的詩，題目就標明「致安徒生」；可見安徒生對楊喚是多麼重要，讀楊喚「童話詩」（《風景》第二輯童話18首，其中有16首都在1949年9月5日至1953年6月1日的中央日報《兒童周刊》刊載），就能感受到，楊喚深受安徒生的啟發和影響。

我生也晚，沒見過楊喚，但常讀楊喚的詩，也喜愛他的詩；包括他的「童話詩」和成人詩；我喜歡為兒童寫詩，也喜歡寫短詩，並且長期在國內外推廣六行（含以內）小詩寫作，或許也不知不覺有可能受到楊喚的影響。

我曾經在1990年寫過一篇很長的文字，談〈90年代台灣兒童文學發展趨勢〉，在台灣和中國大陸發表，其中提到1974至1987年，將近十五年，是台灣兒童詩成為「台灣兒童文學的主流」，是那篇文章的重點。沒想到現在，時隔近二十年，我又要來寫這篇關於台灣〈現今童詩創作培育人才困境〉；從台灣童詩高峰期的黃金時代，走到現在幾乎像自生自滅的沒有一點生氣，想來是相當令人感慨的！為什麼？我們台灣兒童詩的發展，不僅沒有進步，反而連培育新人都成為問題！

這原因到底在哪裡？我試想回顧一下，也提一個想法：

首先，我認為「現今童詩創作培育人才困境」與大環境的改變有很大關係。回想上個世紀七、八十年代，台灣兒童詩正蓬勃發展時，首先有洪建全文教基金會（1974年起），每年舉辦兒童文學創作獎徵稿；前後十八屆，每屆兒童詩組應徵件數最多，都在上百件，每件規定20首；換句話說，一年便可鼓勵上百位作者，寫出二千首以上的童詩；對兒童詩的發展及人才培育，自然具有實質的效益。也就是說，重賞之下必有勇夫；雖然獎的名額有限，卻因這樣的徵獎活動激發了強烈的創造力。其次是，發表園地多，除有童詩專門刊物，如先後在北中南部創刊的：《月光光》（1977.4.中壢）、《風箏》（1980.1.鳳山）、《布穀鳥》（1980.4.4台北）、《滿天星》（1987.9.1台中）等童詩刊，還有大眾媒體，成人看報紙，幾乎每個周末或周日都闢有兒童版，發表童詩；尤其國語日報《兒童文學周刊》，1972年7月13日刊出旅美詩人王渝〈兒童與詩〉，開啟童詩的討論，引發了大量兒童詩論述的發展和鼓勵，這都是很具體的鼓勵人家參與寫作的強烈意願。除外，每年各縣市教育局主辦國小教師研習活動，幾乎都把童詩列入研習課程，有教師研習進修時數記點鼓勵；以及民間社團不定期舉辦童詩研習講座或座談會等，都與童詩創作人才培育有直接積極推動作用。至於出版方面，依據1998年6月國立台東師範學院教育研究所研究生郭子妃的碩士論文：〈《布穀鳥兒童詩學季刊》與兒童「詩教育」〉，其中所做的一份「1953—1990年間兒童詩相關書籍出版數量表」統計顯示，1953—1973的20年，總計才出版21本，而1974—1990這17年的出版數量，卻多達249本，其中1979、1981、1982、1983、1986等年度，這幾年每年的出版量都在20本以上，最多的兩年1982和1983，分別是31和32本，足見這段「台灣童詩的黃金年代」，其熱潮、蓬勃發展的氣勢，是一股強大的爆發力瀰漫著全國，所以那個年代的兒童詩能夠輕易取得台灣兒童文學的主流地位，寫作人多，而且又受到各方面有效的鼓勵，是有它的具體實力。

以上我認為是外在力量形成的風潮所造就的結果。可惜，1974—1990年這些都已成為過去，早就不見蹤影！至於內在部分，我認為也相當重要；那就是寫作者個人的問題，沒有把寫詩當作一種志趣，自然無法堅持永續發展！見異思遷，或發現自己另有其他方面的才華，而轉換跑道，改寫其他文類的，在在多有；想想那個年代，曾因寫作童詩而風光過、得過不少好處的那些優秀寫手，現在還在為兒童寫詩的，有幾個？大概一隻手伸出來數，五根手指頭就已用不完了！至於我個人，我一向比較重視要求自己，所以我是堅持的；為兒童寫詩，四十年來始終如一，沒有間斷，也還會繼續寫。雖然發表和出版的機會不多，但我堅持：寫比發表重要。

現在，我有一個想法：為有效解決培育童詩寫作人才困境，如果有志同道合的人出現，我願意為繁榮台灣兒童詩，再做一點傻事：成立「台灣兒童詩寫作學會」。只要有三十位願意和我站在一起，自認為可以以寫兒童詩為旨志，堅持為兒童寫詩，請和我聯（e-mail：fuanchan.lin@gmail.com），我會付諸行動，陸續推出講座，舉辦研習，開闢發表園地，解決出版問題等等事宜。

（原載《國語日報》2014.3.2）

給他們最好的

——我為什麼要為兒童寫詩？
我用什麼樣的態度來為他們寫詩？

1.

作為一個寫作人，應該努力為所有的人而寫作；最少要有這樣的想法，朝這目標前進。

我為自己寫過詩，也為別人寫過詩；

我為兒童寫過詩，也為少年寫過詩；我努力著為所有的人寫詩。

2.

很多人把兒童文學看成是「小兒科」的東西，自然的，也把兒童詩看成是「幼稚的詩」；甚至認為容易看懂的、不好的詩就是兒童詩。

其實，兒童詩不是次等的詩，正如兒童文學不是次等的文學。

兒童詩，是詩的一種，是兒童文學中的重要的一環。

3.

兒童詩是詩，寫作者一定要努力以追求達到「詩是語言的藝術」的文學最高境界為終極目的。

兒童詩是屬於兒童的，是成人為了提供兒童欣賞而專為他們寫作的詩；也是成人為了鼓勵兒童從事心靈活動，讓他們表達心中的感觸而誘導他們寫作的詩。

兒童詩是詩的，就不該把「幼稚的」、「不好的」詩當作兒童詩。

兒童詩是詩的，不論成人或兒童寫作，都應該做到：使人看了覺得很愉快，讀過之後覺得自己又聰明了許多；有所感受、有所領會，回味無窮。

4.

常常有人問我：你為什麼要為兒童寫詩？

我的理由不止一個，但最重要的是：為兒童寫詩，我覺得很愉快，是我自動自發的，我以為這是愛心的表現；因為我愛兒童，我關心兒童。

我知道，詩是語言的藝術，為兒童寫詩，是要透過有形象、有韻味的語言， 把心中美好的感覺、經驗和智慧表達出來，讓他們分享（或體會）人生、事物的真、善、美。

我在新詩的寫作道路上先摸索了近十年之後，才開始專意為兒童寫詩；我知道，我們應該寫好的詩給兒童看，所以我願以既有的經驗，在中年時開始毅然投入兒童文學的行列，為兒童寫詩，也是為了要設法提升我國兒童詩的「品質」。

要寫好詩不容易，要寫好給兒童看的詩，也同樣不容易，甚至更難；但必須努力以赴。

5.

我寫新詩的時候，不論語言、技巧以及要表達什麼樣的情緒，我可以不必考慮讀者是誰、能不能接受的問題；我可以隨心所欲地，要寫什麼就寫什麼，要怎麼寫就怎麼寫；但為兒童寫詩，我就必須有所考慮；我不能給兒童有不良的影響；我所使用的語言、技巧，以及所表達的意念、情緒，都必須有益於兒童。

那麼，我用什麼樣的態度來為兒童寫詩？

很簡單，只有一句話：給他們最好的。

當然，這並不是很容易做到。但為了這句話，我要更認真地把兒童詩寫好，我要更認真地思考所有有關兒童的問題，努力盡責地做一個稱職的為兒童寫詩的人。具體地說，我所思考到的，就是：

為兒童寫詩，就像每一個父母對待他們的子女一樣，我們應該把最好的拿出來，用最好的語言，最愉悅的心境，最純真的意念，最豐富的感情，最靈活的想像，最新的思想……來為他們寫詩。

為兒童寫詩，向兒童學習

——童詩創作的想法和感受

我先學寫「成人詩」（現代詩或稱新詩），再學寫「兒童詩」；寫多了「兒童詩」之後，我又學寫「少年詩」和「幼兒詩」。不論是為誰寫作、寫給誰看，「詩」的根本意味（詩質），是不可忽略的，要好好掌握。但是，因為「讀者」對象不同，我得有所考量；比如，為兒童寫詩，我心中一定要有「兒童」。

因為「詩」，我學會了孤獨；因為「詩」，我學會了寂寞；
因為「詩」，我學會了尊重；因為「詩」，我學會了容忍；
因為「詩」，我學會了體諒；因為「詩」，我學會了憐憫；
因為「詩」，我學會了思考；因為「詩」，我學會了謙虛；
因為「詩」，我學會了進取；因為「詩」，我學會了永遠都要學習……

寫「兒童詩」，我時時都在思索：
我用的文字他們看得懂嗎？
我用的表現方式他們可以接受嗎？
我寫的題材他們有興趣嗎？
我寫的詩的意味，他們可以領會嗎？

從一開始，我寫詩用的就是現代化的語言（口語），我相信自己所使用的文字，對一般兒童不會造成閱讀上的困難，因此，為兒童寫詩，在文字上，我不必做怎樣的調整；由於我所用的文字「淺白」，表現的方式明朗，我寫的「兒童詩」，一般都可以看得懂，只不知究竟對讀者能產生多少的回響？尤其在題材的選擇、形式的創新方面，要經常提醒自己，做不同的嘗試；我要求我自己，不重複別人已經寫過的，也不重複自己……

為兒童寫詩，從七十年代開始、在數十年的學習過程中，我的步調是緩慢的，改變不多；雖空有一些想法，但創新是有限的。「創新」，的確不容易，但也不能放棄它的可能性。

為兒童寫詩，不全然是順利的，但卻是一件很有意義的事；為了這件事，我願意付出更多心力，不斷學習。

學習的對象很多，兒童是其中最主要的對象；我向兒童學習無邪、純真、善良、活潑、希望、健康、開朗……

我希望為兒童寫的詩，對他們都有好處。美國現代詩人佛洛斯特說過：「看的時候，很愉快；讀過之後，覺得自己又聰明了許多。」這是他對詩的看法，給我很深刻的影響，我希望我為兒童寫的詩，都能朝這方向去完成……

因為「詩」的緣故，我願意繼續學習；

因為「兒童」的緣故，我願意繼續向兒童學習。

1998.06.27

回去看童年

──從現代詩到兒童、少年詩，談我寫詩的心路歷程。

1.我怎樣開始寫詩

在還不知道詩是什麼的時候，我就開始寫詩。

我已記不清楚，我的第一首詩在什麼時候寫的，又寫了些什麼？因為，那是絕無可能發表的，所以沒有留下來。因此，我不知道自己到底是哪一年開始寫詩，只知道，我是不會寫信就開始學寫詩了。

目前，唯一可以知道，我第一次在詩刊發表的一首詩，是1963年4月15日出版的《葡萄園詩刊》第四期，一首四行詩──〈雲〉：

貓底足音我從未聽到過
雲，有人說妳的腳步比貓還輕
昨夜，我卻清晰的聽著妳
偷偷步入我底夢境。

這時，我已經二十四歲（1939～），若以楊喚（1930－1954）來比，他二十四歲之前就已經完成了他的名作──《詩的噴泉》（十首精采小詩──每首都是四行）以及所有已經留下來的作品；這裡不妨引他一首〈淚——詩的噴泉之十〉，作為參考：

> 催眠曲在搖籃邊把過多的朦朧注入脈管，
> 直到今天醒來，才知道我是被大海給遺棄了的貝殼。
> 親過泥土的手捧不出綴以珠飾的雅歌，
> 這詩的噴泉呀，是源自痛苦的尼羅。

由此可見，我開始寫詩是多麼的晚，而又是多麼的幼稚！

當然，〈雲〉這首小詩還不是我最早寫的一首，就拿我的第一本詩集《牧雲初集》（1967.2.笠詩社）所收的〈海的嘆息〉為例，它是寫於1961年7月，當時我二十二歲，在新竹當兵，是參加中華文藝函授學校「軍中班」詩歌組的習作，內容是：

> 潮來了
> 帶來滿海的愁
> 潮退了
> 只留一個貝殼

提到這首小詩，近年大陸學者竟然把它當作「兒童詩」，並且認為是我早期寫的一首不錯的作品，在論述文字中加以引用和評析；事實上，要提我的「兒童詩」，在這本詩集裡有一首題為〈月方方〉（附一），倒可算是道地的「兒童詩」，而且頗有「童話意味」，有幾分「楊喚時期」的「童話詩」的遺風！1965年3月11日寫作這首詩時，我參加中國文藝協會「文藝創作研究班」詩歌組，是指導教授、詩人鄭愁予命題的習作，他的評語是：

> 「這個作品可愛極了，在看似散漫的語言中，旋律起伏著，實在說，這個作品是一氣呵成的，因為，在讀過全詩之後，一個深而純的意象使人若有所思而又不知所以，這便是藝術技巧所成就的最好的效果。」

其實，以當時對詩的認識仍然懵懵懂懂的我來說，能寫出這樣的作品，還該歸功於指導教授所給予的有創意的命題；在這兒提及這首習作，旨在說明我會走上兒童詩的寫作，早在三十多年前、我還只是二十來歲時，就已經有了一些因緣。當然，在那個青澀的歲月、為賦新詞強說愁的青年時期，我寫的大多是些莫名其妙的「無聊」之作，反映了在工業環境中的一些苦悶，一些矛盾，以及遙觀越戰的無望、虛無而產生的反戰情緒和頹廢心理……

這類莫名其妙的詩作，可以〈工業年代的人〉、〈死之書〉、〈不是秋〉等為代表。而我這樣的不健康的悲觀、虛無的情緒，竟然還延續了好長一段時期，幾乎從1961年開始到六〇年代末期才算結束；尤其六〇年代後期，我更寫作了〈鴿吟〉、〈捷徑〉、〈哀歌〉、〈讀牆〉和〈禱之外〉等，甚至還有以一星期七天為題，一天一首；更怪的是，拿公路車票代號作為題目，寫了些具有虛無與反戰情緒的系列作品，如〈〇海〉、〈〇藏〉、〈一芥〉、〈二河〉、〈七鹹〉、〈九荒〉等，回想起來，這些都與我當時的生活環境和時代背景有關，寫了「小我」，也寫了「大我」；請看〈讀牆〉、〈禱之外〉、〈七鹹〉、和〈九荒〉，這些都具有一定程度的忠實反映了個人心智的成長以及時代面貌，同時也反映了當時台灣現代詩壇所崇尚的「晦澀」與「超現實」的詩風。不過，我個人仍然覺得自己也有一些可喜的現象，在這一時期裡，我並未全然沈溺在「晦澀」與「虛無」之中，我也寫下一部分明朗的詩作，包括〈十五・月蝕〉、〈清明〉、〈詩簡〉以及與童年生活有關的作品，如〈母親縫在我身上的一些小鈕釦〉、〈５〉、〈那年我們很傻〉等（以上收在第二本詩集《斑鳩與陷阱》），為我的「明朗詩風」奠定了一些基礎。往後的我，便也在這樣的基礎上，寫下了從《歷程》到《公路邊的樹》，到《現實的告白》，以及《無心論》、《孤獨的時刻》和《愛情的流派及其他》等，具有現實意義的為「成人」寫作的明朗的詩風。

「寫詩，我一直有一個信念：寫我所關心的。因此，我堅持：詩是個人意識的忠實表現。」（《公路邊的樹》出版感言）

「詩，反映現實，是我一直執著的觀念；當然，表現是需要技巧的，需要恰到好處的技巧……」（《現實的告白》後記）

2.我怎樣寫兒童詩

「愛是將萬物化為力量與美的一種魔術。以愛之精神而行，你將在『生命之琴』上，彈奏出永恆的諧音。」這是十九世紀英國文學家詹姆斯・艾倫所說的。我也認為的確是這樣。

我不知道詩人有沒有天生的？

我會愛上寫詩，算不算是天生的？

我會喜歡為兒童寫詩，算不算也有幾分是天生的？

這些問題，我仔細想過，都沒有獲得肯定的答案。原因是：不論是為成人寫詩，或為兒童寫詩，我都是下了一番摸索學習的功夫。

什麼叫作「兒童詩」？

從寫作的觀點來看，有兒童寫作的詩和成人專為兒童寫作的詩兩種。

從欣賞的觀點來看，有凡是適合兒童欣賞的詩，就是兒童詩的說法。

我是一個寫作者，而且是一個成人，我是從「成人專為兒童寫作的詩」的觀點來對待這件從事與心靈活動有關的志業。

從我寫作的歷程來看，我是先學習寫成人詩（或稱「新詩」、「現代詩」），再學習寫兒童詩。為成人寫詩（或為自己寫詩），我是不曾「有讀者」的困擾，我不曾考慮讀者能否接受（能不能看懂）的問題；我只想認真的、盡力的追求（或設法）寫出更有創意、更有藝術成就的作品。但為兒童寫詩，我「有讀者」，我必須既要求自己寫得好，又要考慮讀者能不能看得懂、有沒有閱讀興趣的問題。

我專意為兒童寫詩，是在我從事「成人詩」寫作約十多年，有了一些基礎之後才開始的；論時間，大約在1973年，為了參加第一屆洪建全兒童文學創作獎（兒童詩組）的徵稿，一口氣寫了三十多首（得了佳作獎）；後來以《妹妹的紅雨鞋》為書名，由純文學出版社出版，連同以回憶童年生活為題材所寫作的《童年的夢》，申請中山文藝獎（在當時是台灣最高獎項的文藝獎，獎金八萬元），而獲得「兒童文學獎」（1978年）。

如果說我為兒童寫詩，是與天生的秉賦有關，那麼我寫作兒童詩的「歷史」或可再向前追溯到六〇年代中期，從《斑鳩與陷阱》和《歷程》開始，就出現了不少寫作回憶童年生活題材的作品；事實上，收在《童年的夢》這本詩集中的二十多首詩，有三分之二就是這個時期的作品。所以，我算是一個長不大的人（不老吧），雖然年齡是每年都在增加，但我還是一直朝著「童年」發展，拒絕長大。

快二十年了，我為兒童寫詩，除了寫回憶自己童年生活的題材之外，我也寫這時代的一部分兒童生活和心理；除了前述兩本兒童詩集，接著我又陸續出版了《小河有一首歌》、《咪咪喵》、《壞松鼠》、《牽著春天的手》、《大象和牠的小朋友》、《快樂是什麼》、《我愛青蛙呱呱呱》、《春天飛出去》、《回去看童年》等這些給兒童看的詩集。《回去看童年》是1993年底出版的，我自己還滿喜歡。

「回去看童年」這樣的意念，是一個偶然的機會「閃現」的；那是1990年秋天吧，我回到我的「血點」（出生地），在故鄉睡覺時得到的一個夢，夢到我回到童年；在夢中，我很清楚看到五、六歲的我，坐在老家門口，望著我從家門口那條小路的另一端，遠遠走回來……。醒來我還很清楚記得夢裡的情境，所以我寫下這首詩。

在現實中，回到故鄉是可能的，回憶童年也是可能的；但要「回到童年」、「回去看童年」，那就辦不到了！只有在夢裡尋找，只有寫詩是可以實現的；我很幸運有了這樣難得的機會。我為我自己能寫下這首詩而感到高興。這樣的喜悅的心情，就是寫作的最大的報償。

為兒童寫詩，我有一個基本的心願，那就是「關心兒童」；為了兒童，我就會努力把詩寫好，把詩寫美。

為兒童寫詩，我有兩個基本方向，那就是「回憶童年」（從經驗出發）、「觀察兒童」（從兒童觀點著眼）；有了這兩個基本方向，為兒童寫詩，就有寫不完的題材。

為兒童寫詩，我有三個基本要求，那就是「對語言的要求」（做到字字可懂，又要有詩味）、「對技巧的要求」（力求變化，但又不為技巧而技巧）、「對內容的要求」（避免給兒童以不良影響，激勵他們自發向善的最高境界接近，但不是說教）；有了這三個要求，我就可以放心為兒童寫詩，並以愛的精神，在我的「生命之琴」上，努力彈奏出永恆的諧音。

3.我怎樣寫少年詩

了解他們，關懷他們，寫出他們內心的苦悶，給他們愛、美、慰藉和激勵……

我會為少年寫詩，是一件極為偶然的事；那是1986年春節時，為了下決心重拾擱下多年的畫筆，我決定要求自己，利用春節的幾天年假，把自己關在家裡，好好畫畫。這件自我要求，我做到了，並且畫得極為盡興又舒暢，甚至平日感受到的苦悶、壓抑的情緒，也能痛快淋漓的透過畫筆宣洩無餘，比使用文字寫詩，覺得還要過癮。我一口氣就畫了二十幾幅小畫，有些作品，自己還越看越歡喜，因為我過去畫的油畫，都屬於抽象景物；這次我改用壓克力圖畫原料，畫的是以人為主的半具象作品；自己覺得這些畫作，有感情、有生命、有情趣。

我喜歡畫畫，學畫畫的事，差不多和學習寫詩是同時開始的；只是，學畫畫的時間，一個禮拜才上一次課，學習寫詩，我隨時隨地都可以進行自己閱讀。最初，我只學素描，然後我邊畫素描，也邊畫油畫；但受制於投注的時間少，花錢花時間多，很久才能完成一幅畫，進展得慢，缺少成就感，創作的慾望減低，最後只好封筆，把工餘的心思、時間都用在詩的寫作上。

這次重拾畫筆，嘗試用新的材料，走新的路子，隨心所欲，給自己增加不少信心；畫後對這些作品，越看越覺得有意思，我便開始嘗試從某些畫作的構圖、色調、氣氛去回想揣摩一些做畫時的心理活動，用文字加以表現，很快就寫成了七、八首詩，成為一個系列；就內容來看，自認為已捕捉了一般當代少年的苦悶心理，適合給他們看，於是我動手整理了一部分，試投當時台灣最受少年讀者喜愛的（目前還是）雜誌——《幼獅少年月刊》，結果很順利，詩和畫一起以彩色版面刊印出來，給了我很大的激勵。通過這次考驗，我又進一步拿出這些詩畫作品與幼獅文化公司洽談出書計畫，也順利獲得同意；同時我還向台北美國文化中心提出個人畫展的申請，獲准於1987年4月9日起，在台北市南海路該中心畫廊舉行首次個展，以「人生系列」為題，為期十天；而我的第一本「為少年」所作的詩畫集《飛翔之歌》，如期在畫展之前順利出版。

因此，我為少年寫的詩，是和一些寫詩的方式有所不同，因為每一首詩的產生，都是從每幅畫的畫面構圖、色調、氣氛所呈現的「繪畫語言」去思考、喚起寫詩的情緒或意念，然後再繼續進行醞釀。

收在《飛翔之歌》裡的，配合三十幅畫所做的三十首詩的寫作過程，我是相當集中心力，在短短一年中的兩個時段完成；有時連續幾天，天天有詩；有時，一天寫三、四首；比如從1986年4月8日起到4月11日，每天都寫，其中4月8日、11日各寫了二首；最多是11月9日，寫了四首，19日也寫了四首；11月11日寫了三首，20日也寫三首；這樣的寫作紀錄，在過去，我是不曾有過的。有這樣的寫作衝勁和成果，除了自己內在的一股強烈的寫作意願，外在的壓力也是其中相當關鍵的部分因素，因為這本書的出版，我希望能配合畫展，所以事先和出版公司約定交稿日期，給自己以強制的約束和挑戰。

至於「少年」是個什麼樣的人？心理學專家嘗說：

「少年是被看一眼就會想很多的人。」

「少年是自己覺得已經長大了，而生氣成人常常把他們當作小孩看的人。」

「少年是很多心思的人。」

「少年是心情反覆不定的人。」

……

我是一個有五個孩子的父親（二男三女），我的孩子都已長大；在他們成長過程中，少年時期的不聽話，反叛行為，給了我最大的苦惱；我長久的承受，盡量壓抑，保持緘默，看他們成長、變化，看他們痛苦、掙扎……因此，在寫作這些詩作時，我的精神狀態彷彿幻化成無數少年，揣摩他們的心理，以他們的苦樂為苦樂，而醞釀成為寫作的情緒，並試圖為他們這一階段的心理代言，吐露他們的心聲。

為少年寫詩，不論是先有畫再有詩，或純粹就從文字的寫作著手，在語言的使用方面，我不必再像為兒童寫詩那樣有所顧慮，甚至因為表現上的需要，都不避諱語言的抽象性或概念化，完全像寫「成人詩」那樣的自由自在；倒是在內容主題意識方面，我必須考慮是否捕捉了這一代的少年心理，以他們的苦樂為重點抒發他們的心聲，給予慰藉，爭取認同。

日本文學家廚川白村說「文學是苦悶的象徵」，為少年寫詩，我深深以為也應以紓解他們的苦悶情緒為主，用詩來陶冶他們，協助他們提升情操，培養高尚的品德，安全的度過這段青澀、苦悶的歲月，因為這一代的少年，他們的確有的是更多的誘惑和更多的苦悶……

4.寫詩是一輩子的事

我曾經說過：「在寫作上，我有兩個愛人，一個是詩，一個是兒童文學。」並且，我把寫詩當成是一輩子的事，不管是為成人寫詩（為自己），或為兒童，或為少年，我都會真摯、誠懇的繼續寫下去。為此，幾年前，我很自然的寫了一首小詩，題為〈一輩子〉；這首小詩，可當作我的「寫作觀」，也可看成我的「愛情觀」。詩是這麼寫的：

一首詩，
也許只是三五行，
你得用一輩子來寫它。

一個人，
也許只愛那麼一回
你也得用一輩子
都在想她。

這裡所稱的「一輩子」，前後兩段含義，略有不同；前段指「經驗」，不是「時間」；因為文學、藝術的成就和價值，並不能單以「完成一件作品」所付出的多寡來衡量，但寫作卻必須累積豐富的生活經驗；而「一輩子」的生活經驗，有時只是為了寫一首詩，有時甚至只是為了那三五行！而後段的「一輩子」，則指「時間」，不是「經驗」；因為真摯的愛一個人，應該是屬於一輩子的事；所謂「永愛不渝」，就是這個意思吧！

最後，我要特別說明的是：

現代詩、兒童詩、少年詩，都是詩；只因為對象不同，才有題材、語言、技巧、意識、情趣、內涵等不同表現要求而已；追求詩的美、詩的最高境界，應該是一致的。

努力學習做一個堂堂正正的人，寫好詩，在我，是一輩子的事。

1994.02.16寫於台北

（應東馬沙磅越華文作家協會邀請，在古晉文學講座的講稿。）

卷三

「五家」、「十家」的童詩比較

本文先以1949年之後台灣和大陸各自發展形成「抒情」與「敘事」的不同詩風，談「抒情傳統」的繼承與揚棄。

其次以台灣《童詩五家》和大陸《兒童詩十家》作為抽樣代表，透過「五家」、「十家」的背景資料、「遊戲性」與「教育性」的強調，「語言特色」即「詩的特色」及「五家」、「十家」的語言與特色等章節的介紹，為「五家」、「十家」做了比較的初步結果，提供與會學者專家探討兩岸童詩的基本差異，最後期望兩岸兒童文學的交流，能帶來積極的、正面的作用，創作出更新、更好的作品。

1.「抒情傳統」的繼承與揚棄

中國詩的傳統，自古以來，即以「抒情風格」為主流；從「詩經」開始，到「唐詩」、「宋詞」……一直到民初的「新詩」，莫不以「抒情」為主，而形成一脈相承的「抒情傳統」，有別於西方的以「敘事」為主流的「敘事傳統」。但自1949年以後，台灣和大陸的詩，就各走各的路，各自發展出新的局面——兩種不同的詩風。雖然，台灣的現代詩，曾經受過西方「現代思潮」的強烈衝擊（或洗禮），但基本上，還是維持著「抒情」的風格，仍然沒有脫離「抒情傳統」的民族文化精神特色；而大陸則因信奉馬列，完全以蘇聯無產階級思想的政治強勢規範為指導原則，以「敘事」為手段，強迫文學藝術為政治服務（突顯政治、強調共產主義的思想性和方向性），實現其為「唯物」的「共產主義思想」的教育工具，使所有的詩作者刻意迴避人性、拋棄抒情，遂發展出以「敘事」為主的詩路，而形成「敘事傳統」，與台灣的現代詩，截然不同。「成人詩」如此，「兒童詩」也莫不如此；1950年代，大陸引進的蘇聯兒童文學理論，如特・爾聶奇克所說的：「……兒童文學的使命還在於照顧兒童年齡的特點，幫助兒童形成共產主義的信念，共產主義的道德、自覺的紀律以及思想的系統和方向性。」[1]就成為1949年至1980年間絕大多數的大陸兒童文學作家必須遵循的最高指導原則或使命。在此引述這段文字，希望有助於我們探討兩岸兒童詩的差異和認識。

2.「五家」、「十家」的背景資料

本文以台灣的《童詩五家》和大陸的《童詩十家》[2]作為抽樣的代表，原因是這兩本選集編選的旨趣近似，作者都具有相當代表性，享有盛名，出版年代也較為接近；前者出版於1984年6月，後者在1989年5月印行。

《童詩五家》的作者是：林良、林煥彰、林武憲、謝武彰、杜榮琛；以年齡大小為序。最年長的林良，當時才六十歲；最年輕的杜榮琛，還未滿三十，寫作年資最淺，只有十年左右。

《童詩十家》，作者包括于之、田地、聖野、任溶溶、張秋生、張繼樓、金波、柯岩、魯兵、聰聰。年齡最長者，是聖野，當時已六十七；最年輕的是聰聰，1941年生，寫作年資最淺，但也有三十年以上，其餘的都是四、五十年的資深作家。

台灣的「五家」，林良任職報社，兼從事推行「國語」的教育工作；我則半路「出家」，自己摸索寫作「成人詩」，有十年之久，才轉入為兒童寫作，當時在肥料公司做工，與文字工作全無關係；謝武彰曾當過兒童讀物編輯，寫成人文學，後來才專事兒童文學寫作；林武憲、杜榮琛都擔任小學教師，是台灣早年兒童文學作家的典型出身。

大陸的「十家」，聖野、魯兵、田地、張繼樓、張秋生、聰聰，他們的工作一直與兒童讀物編輯有相當密切關係，都是編輯的專職人員；任溶溶從事翻譯及文字工作，也與教育有關；于之、金波、柯岩都任教職，基本上也都長期從事文字工作。

從這些背景資料看，台灣作家和大陸作家的職業性質，大致上也頗為相近；只是大陸作家的寫作工作，似乎較為專業；台灣的「五家」，除林良、謝武彰外，都是業餘的寫作者。

3.「遊戲性」與「教育性」的強調

不同的文化背景，產生不同的「文學觀」；不同的「文學觀」，產生不同的文學作品；不同的「童詩觀」，自然也產生了不同的「童詩」作品。

台灣「五家」大多主張輕鬆的「遊戲性」（即重視「兒童情趣」）；大陸「十家」，則多注重嚴肅的「教育性」，將「教育功能」擺在第一位，負載著沉重的任務，尤其是政治思想教育的任務；因為大陸普遍把兒童文學劃分為「社會主義兒童文學」和

「資本主義兒童文學」[3]，而「社會主義兒童文學」則必須是「以培養無產階級革命事業接班人為目標」[4]；「兒童文學，作為社會主義文學的組成部分，應該而且必須服從黨的要求」就成為既定的文藝政策，不能不受其約制。

4.「語言特色」即「詩的特色」

兩岸的童詩作家，都是炎黃子孫，同種同文；可是，由於所受的教育精神不同、生活環境不同、政治約制不同、文化觀念不同，因此在「語言」的使用上，也各自養成了不同的習慣，有了不同的表達方式。

「詩是語言的藝術」，詩人無不竭盡所能，以最準確的語言表現他寫作時的意念，因此，詩人所掌握的「語言特色」，就是他的「詩的特色」；也是他的「詩的品格」（品質與風格）。

為了清楚了解「五家」、「十家」的語言及其詩的特色，在此多用些篇幅，逐一介紹他們使用「語言」的個別狀況，提供比較參考。

5.「五家」、「十家」的語言與特色

(1)台灣的五家

a.林良的語言與特色

林良在兒童文學理論方面，有一本很重要的著作，叫《淺語

的藝術》[5]，主張用「淺語」寫作，並以「淺語」追求文學藝術的成就（不限於兒童文學）。

我們仔細看看他的作品，沒有用過一個艱深的字眼；每一個字都是「淺白」的；由淺白的語言，表現「明朗」的風格，追求「有味」的詩的意境，是一件不容易的事，但林良卻說到做到，使他的作品呈現了「短小、明朗、有味」的效果，具有樸實、親切、自然的特色。他一點也不想從「艱深」、「晦澀」的語言和意識型態上，去為難讀者，這應該也算是作者愛心的具體表現吧！

b.林煥彰的語言與特色

我寫成人詩用的是「口語化」的語言，為兒童寫詩，我用的也是「口語化」的語言；收錄在這本選集中的〈碎石子的小路〉和〈古井〉這兩首寫作年代最早，大約是1965年左右，就語言風格來說，和近期（二十年後）的作品，並無多大差別，請參看〈古井〉：

夜晚的天空，
是一口很深很深的古井；
我丟下去的白石子，
變成很多很多的小星星。
可惜，我等了很久很久，
都沒有它們的回音。

在「詩質」的追求上，我一向注重想像的美，也即想滿足讀者的審美要求；詩是「語言的藝術」，透過語言，我設法掌握它的「繪畫性」、「音樂性」和「意義性」；但在同一首詩中，要三者兼備，一般並不容易，有很多作品，我只能做到其中的一部分。所以，要繼續努力。

我是農家出生身，我崇尚自然、樸素，我努力在平實的語言中，含蓄的表現詩的意味。

c.林武憲的語言與特色

林武憲所使用的語言，也是「口語化」的語言；由於從事語文教學及兒歌寫作，使林武憲的兒童詩，也相對的重視「語言的韻律美」；在追求「神奇的『蘋果』，會使人長出想像的翅膀，飛到美妙、新奇、友愛的世界裡，認識愛跟同情，得到啟發與溫馨。」的體現上，他有一些類似「寓言詩」、「童話詩」的特色，如〈井裡的小青蛙〉、〈風箏〉、〈螳螂和蟬〉、〈秋天的信〉、〈我要做個小仙人〉、〈一天只有一次清晨〉等，這類作品，有優點也有缺點；其優點在於正面意義（社會教育功能）的顯現，缺點也相對的直露無餘，同時還有明顯取材於一般都熟悉的「寓言故事」及楊喚童話詩手法、句法的直接套用。

d.謝武彰的語言與特色

謝武彰使用的語言，也是「口語化」的語言；他在平實、平淡的語言中，捕捉童心、表現機智與風趣；為了表現機智與風趣的效果，謝武彰擅長運用生活中的具體事件營造情境，對「童心」、「童趣」的捕捉與呈現，頗得讀者歡喜。

在機智與風趣的特色中，謝武彰也不忘展現豐富優美的想像與溫馨感人的魅力。

e.杜榮琛的語言與特色

「口語化」的語言已經成為台灣兒童文學作家「通用」的語言，杜榮琛所使用的，也是「口語化」的語言。只是早期的作品，偶爾會出現一些「文藝腔調」。

杜榮琛的童詩，從偏重「想像情趣的美」，到著重「潛移默化的善」及「童言童語的真」，是已歷練和趨向成熟的表現，使他的作品，在內涵和意境方面，更豐富、深遠，如〈尖和卡〉、〈海龜的日記〉和〈稻草人之歌〉等，便展現了多樣化的丰采；有輕鬆活潑的一面，也有對現實的關愛和批判（諷刺）。

(2)大陸的十家

a.于之的語言與特色

于之的詩，語言是簡潔的；大多用的是「口語」，但也夾雜著「成人化」的語氣和定型的語彙。

由於長期從事歌詞、音樂的工作，于之的語言，大多可以琅琅上口，甚至是有意的押韻，故「音樂性」較強，但相對的，也有流於「概念化」、「生硬化」。例如：漫過、遙指、酷熱、澄清、波瀾、波紋、掠過、穿梭、請求、保證、誤會、頻頻、晃悠、止不住、長本領、隱消、久立、紫殷殷、戰勝乾旱、忽聚忽散、毫不理會、默不作聲、就此解散、舞爪張牙、有殺得天昏地黑、戲把珠貝兒輕拋、好不過的友情、望不夠的家鄉等等，這些詞彙和詞句，對詩本身是一大傷害，對孩子的閱讀，也是一大阻礙！

于之是滿注意兒童情趣的捕捉，正如汪習麟所說：「他的幽默發自於他對孩子的喜愛，雖有調侃，卻那麼機智而詼諧。」[6]誠然這就是他的優點，也是他的特色。

b.田地的語言與特色

田地的語言是「口語化」的語言，有簡潔、輕快、跳躍的特色，節奏自然。但也免不了有定型的詞彙和「成人化」的用語，如：搭救、難熬、硝烟、瘴氣、繁露、戕害、玷汙、泡浸、前輩、提問、考查、奮鬥、欺騙、保護、你道是什麼、費心思、血盆大口、孤零零、盼啊盼、依著家門、純潔的靈魂、昏昧的陰影、幻想和真情等等，這些「概念化」的語言，只能給讀者「一定的指義」，沒有想像的空間；這種現象，在田地的早期作品中較少出現，到「新時期」就變成更為嚴重，這與「藝術上」的成熟或「思想上」的豐厚不僅無關，反而有很大的傷害。

c.聖野的語言與特色

聖野的語言，是「口語化」和「兒語化」的語言的純熟運用；早期和晚期的作品，在語言的運用上，都相當一致。

在輕快、活潑的節奏中，掌握豐富的「音樂性」；在散文化、敘事化的描述中，捕捉鮮明的「繪畫性」；這些都是聖野童詩作品的特色，他如樊發稼所說的：「將一些生活小事，巧妙的加以詩化」、「平中見奇、活潑中求深沉、寓豐富紛繁於簡樸清新的藝術風格。」[7]但值得注意的是，在天真快活的幻想與想像之中展示童心、童趣的同時，聖野仍不忘灌輸給孩子一定的思想、品德教育，無形中卻給自己不少束縛，影響作品再往更高的藝術境界發展。

d.任溶溶的語言與特色

任溶溶的語言是純粹的現代化的口語，是「淺語」，也是「兒語」；是「跳躍性」的語言，有自然流露的豐富的內在節奏。他不用美麗的詞藻，沒有陳腔濫調。

任溶溶使用「現代化的口語」和他從事「拉丁化」新文字工作有相當大的關係；同時他有系統的翻譯蘇聯三位著名詩人的詩及羅大里的童話和精巧的兒童詩，也一定獲得很大的啟示。

任溶溶的兒童詩，是出於「巧妙的構思」：「說話式的語言」，因為有了「巧妙的構思」才產生了濃厚的情趣和詩意；幾乎每一首詩都是有「情節」、有「故事」、有生動活潑的人物；是詩體生活的小故事；是中國現代兒童詩中「新品種」、「新風格」；是機智、幽默，而耐人尋味的。即使是有意的要施以某種思想、品德，修養、哲理和知識的「猜謎式的」敘述手法，引誘讀者走入勝境，這就是他獨特風格的形成。

e.張秋生的語言與特色

張秋生的語言，是「口語化」的「兒歌式」、「童話式」、「寓言式」、「歌謠風」的語言，但有部分作品卻夾雜著一些「定型化」的詞彙和「成人化」的用語，產生「概念化」、「僵硬化」的不良效果。如：偵察、談論、惋惜、思念、阻撓、探親、依偎、酷愛、攀登、撥動、靜謐、告別、把話答、使勁敲、雄心大、堅強的力量、離開了集體、毫無問題、下達命令、作出規定、集合一道、歌頌友誼、歌頌理想、歌頌祖國、老人混編的隊伍等等；還好，這些現象，都可能是屬於較早期的作品才有。

基本上，由於張秋生重視「兒歌」的優點和價值，所以他的語言簡潔，充滿了輕快的節奏感，富有「音樂性」，也注重形象；好處在於可以琅琅上口，容易（也適合）背誦。但相對的，把「兒歌」也當作「詩」來認定，就值得考量了！

f.張繼樓的語言與特色

張繼樓的語言，也是「口語化」的。汪習麟說張繼樓與張秋生兩位頗有相近之處，都是幼時開始從母親那兒聽熟了童謠，受到熏陶，然後「沿著童謠的路子，最後寫「兒童詩」。因此，在語言上，張繼樓也有很濃厚的「童謠風」。當然，他長期從事戲劇改革、唱詞、曲藝的研究和寫作，也深深的影響到他的兒童詩的「調子」，使他的作品，都有豐富的「音樂性」和「繪畫性」；只是有部分作品，同樣夾雜著「定型化」的詞彙和「成人化」的用語，是美中不足的！如：憂傷、喧鬧、嘈雜、囑托、情操、願望、今朝、理解、心意、殷勤、翻騰、威武、攙扶、呢喃、童音、舒暢、秀麗、授予、多情、相仿、豈不更妙、借故欺騙、熬過通宵、直上雲霄、迎賓的歌曲、抓緊時機、何等雄壯、軍紀嚴明、拉練演習、保衛邊疆、為祖國再上戰場、威風凜凜、除我煩惱、請別為我擔心、讓我自己探索創造、此時此地、此情此景、屬於我自己、給我靈感、助我構思、等等。這些現象，大多在後半部的作品中出現，如果是屬於後期作品，就讓人深感遺憾！

g.金波的語言與特色

金波的語言，也可以算是「口語化」的語言；只是經過了修飾，有美麗的詞藻，有抒情的調子，形成了愛與美的抒情特色。但在「口語化」的語言中，金波還夾雜不少「定型化」的詞彙與「成人化」的用語；在柔美的抒情調子中與豐富的節奏裡，雖然融和得還相當流暢洗煉；可就閱讀對象的年齡層而言，就得提高到高年級以上，對中年級的讀者可能造成阻礙。

金波是擅長於修辭和押韻的，這與他在大學擔任寫作及詩詞創作課程有關，但最關鍵的因素，還是他個人長年在詩學上的修煉。

我所謂「定型化」的詞彙與「成人化」的用語，有如：曙色、探望、高擎、祝願、囑托、沉著、晚霞、晚雲、流螢、耀眼、繁星、敞開、斑斕、閃進、雛鳥、婉轉、流淌、柔美、明澈、歡躍、輕捷、深情、寒戰、掠過、遁逃、隱波、蔚藍、解凍、幽靜、傾心、溫存、築巢、憂慮、期望、辛酸、明麗的春色、夜深人靜、寒風凜冽、友愛的集體、蒼茫的暮色、已近黃昏、姹紫嫣紅、綿綿春雨、縱身飛去、領著他等等，這是美中的不足！

h.柯岩的語言與特色

柯岩的語言是「口語化」的。而且滿注意掌握讀者的年齡層，甚至她認為：「在給學齡前兒童寫詩的，還要注意到幼兒喜歡明朗的聲音節奏、美好的色彩和愛笑的特點。」

由於她也從事戲劇創作，她知道在「詩的一般規律」之外，也透過語言照顧掌握情節，得到「戲劇性」及「音樂性」的雙重效果；這也是她的特色。但是，也許由於整個社會大環境的客觀因素影響，不可避免或很自然的，柯岩的語言中也有一些「成人化」、「概念化」的用語出現，例如：奸細、槍斃、幫亂、憂愁、轟炸、綾架、苦惱、慚愧、悲慘、淒涼、委屈、逃荒、凝聚、提問、解題、猜疑、講和、堅強英勇、熱愛祖國、熱愛勞動、考慮問題、緊急動員、比走馬燈還歡、祖國多麼偉大、動手馴獸、互相警惕、彼此嘲笑、渾身發涼、交換眼色、默默思索、灰色的寂寞、沉重的腳鐐、十年混亂的「造反」歲月等等，這樣的語言，不僅影響「口語化」的清純度，也破壞詩的美感。

i.魯兵的語言與特色

魯兵的語言，不論早期或晚期作品，基本上都是「口語化」的；只是早期作品夾雜「定型化」詞彙較多，晚期則有大量「概念化」、「成人化」的用語，如：勞苦、飢餓、荒涼、依然、呻吟、華麗、奪目、冷清清、孤零零、冷街、理睬、指點、歸途、粉碎、疏鬆、拜訪、於是、歡騰、瞬息、茫茫、結伙、陰森、猙獰、拷打、屠殺、仇恨、戰慄、顫抖、朝霞、此後、運輸隊長、攻下難關、築起堅實的基礎、清麗的詩篇、毫不足道、滄海桑田、高處不勝寒、俯視雲海、忽隱忽現、不虛此行、峭壁懸岩、寒氣襲人、監獄之花、光明之路、勝利之歌、不屈的英雄、奴隸社會的野蠻、凶殘的集體屠殺、一息生命、張大血口等等，影響清純的「口語」。

我較為喜歡的〈講故事〉、〈不知道和小問號〉的語言和構思，與任溶溶的作品有「異曲同工」之妙；這類純粹「口語化」的語言，不僅沒有減低審美的作用，反而更具有輕快的節奏和表現力；這些好處，應該是魯兵自己所要求的「將兒歌和童話結合起來」的特色吧！

j.聰聰的語言與特色

聰聰的語言基本上也能算是「口語化」的語言，有親切明快的節奏，但跟他自己所要求的：為兒童寫詩要用「活在孩子們嘴上的，最生動的大白話」還是有點兒距離；原因在於有「文藝腔調」、有「成人化」的用語，有太露骨的「教育意味」和口號；還有「歌」與「詩」不分的現象，使詩的清純度受到了嚴重的污染！具體的例子，如：生性忌妒、狡滑地奸笑、彎腰賠禮、低頭裝相、我最愛慈祥的媽媽、我最愛英雄的爸爸、我最愛共產黨、遠途跋涉、慓悍和敏捷、保護稀有動物的法則、有損於您的品格、清掃拾掇、把好事做、防風抗旱、黃沙禿嶺、毅力測驗、閃光的知識、勇敢和團結、終生熱愛、實現大志、困難要克服等等，這些「概念化」、「口號化」的語言，未經過適當的轉化，對詩而言，是最大的禁忌！

聰聰是喜歡押韻的，也是一種特色，而且有極嚴謹的形式，幾乎每一首詩都維持四行一節；但過分的嚴謹，也相對的失去了語言的彈性與活力！

6.「五家」、「十家」比較的初步結果

從「五家」、「十家」的語言來看，很明顯的，台灣「五家」一致的都秉持孩子們可以看懂的語言來寫作；甚至還努力做「淺語藝術」的處理，一點也沒有在語言上為難小讀者。

但大陸「十家」當中，能做到如任溶溶所謂的「現在的口語」，或聰聰所說的「活在孩子們嘴上的，最生動的大白話」；除了任溶溶外，其他九家都或多或少在「語言」上有相當程度的「提高」，尤其在「意識型態」上，都有意無意的強化思想、品德的教養。台灣「五家」在這方面就輕鬆得多，不必挑這種「重擔」。

在「音樂性」的要求方面，台灣「五家」走的是「自然節奏」的自由形式；大陸的「十家」，多以押韻來處理。

就篇幅來說，台灣「五家」的童詩比較短小，大陸的「十家」都較為冗長；似乎是急於給小讀者更多的東西，但未必都是他們所喜歡的，也未必都是養分。

在風格上，台灣的較傾向「抒情」，大陸則發展出「敘事」的特色，甚至有「兒歌」與「童詩」不分。

內容方面，台灣「五家」有偏重「風花雪月」、「鳥獸魚蟲」、「小情小景」的現象；大陸「十家」則多現實生活的描述，甚至為「政治服務」，較強調政治、社會的教育功能，而忽略了「審美作用」。

當然，如果再細細的探討，應該還有很多差異，留待以後再做專文探討。

7.期待兩岸童詩更新更好的展現

這「五家」、「十家」的童詩比較，只能算是1980年代以前「兩岸童詩」一個大略的抽樣。近年來，台灣的兒童詩，似乎有些停滯，還未有更新的作品出現；倒是大陸的兒童詩，開始有了一波新的詩潮湧現，其中我在「青壯派」的作家班馬、丘易東等人的作品中，發現了完全不同於這「十家」的詩風；他們的「語言」，已不再受到「政治語彙」的干擾；他們的「詩思」，也不再有絲毫「政治思想」的滲透；他們的作品，純然是詩人發自內心深處最原始的「詩的感覺」、「詩與心靈對話」的表現。

我期待著，兩岸兒童文學的交流，在相互激勵、互相借鏡的自由自主的創作環境中，激發出更高的創作動力，不斷推出更新更好的作品。

附注：1.轉引自方衛平《中國兒童文學理論批評史》，1993.8，江蘇少兒社。

2.《童詩五家》台北爾雅出版社印行，《兒童詩十家》河南海燕出版社印行。

3.見蔣風主編《世界兒童文學事典》中「兒童文學」條目，1992.8，希望出版社。

4.同註3.中之「社會主義兒童文學」條目。

5.《淺語的藝術》，1976.7，台北國語日報印行。

6.見〈于之兒童詩欣賞——沉浸在透明的藍色之中〉，收在《兒童詩十家》內。

7.見〈聖野兒童詩欣賞——明澈如露深邃似井〉，收在《兒童詩十家》內。

參考資料——「五家」、「十家」童詩選

1.台灣「五家」童詩選

(1)林良的兒童詩選

林良收在這本選集中的林良兒童詩，計有：蘑菇、煙斗、星星和月光、夢、風車、蜻蜓、刺蝟、晚上、小船、風鈴、母牛、小船（第二首）、鵝、雲和月、金魚、蝸牛、夏天的蟬、菊花、小狗、媽媽、白鷺鷥、大雨傘、海水浴場、社區、荷花池、落葉、樹、小雨傘、金魚的舞步，共二十九首。

在這些詩作當中，最多八行，最少四行；大部分作品，都是五、六行。合乎林良自己的要求：「短小、明朗、有味」，極適合低幼兒童欣賞；如有必要細做分類，林良的兒童詩，可稱為「幼兒詩」。

在這些作品中，我「喜歡」：蘑菇、煙斗、星星和月光、夢、風車、小船（第一首）、母牛、鵝、雲和月、金魚、蝸牛、夏天的蟬、菊花、媽媽、白鷺鷥、大雨傘。我「最喜歡」的是：星星和月光、母牛、蝸牛、夏天的蟬、媽媽、大雨傘。我「不喜歡」的有：蜻蜓、晚上、風鈴、小船（第二首）、荷花池、落葉等數首。

在這裡，選錄兩首我「最喜歡」的來欣賞：

我走路，
不算慢，請拿尺子量量看。
短短的一小時，
我已經走了
五寸半！

這首〈蝸牛〉，有人把它當兒歌，我總認為它是「詩」，因為它不僅有自然的音韻，可琅琅上口，但更重要的，還是在它的「內涵」；它有很好的「寓意」，深入淺出的表達一種耐人回味的「道理」。

晚上我上床，
最後一眼
看到你正在忙。

天亮我醒來，
睜開眼睛
看到你還在忙。
微笑的媽媽，
你天天不睡覺嗎？

這首〈媽媽〉不僅作「媽媽」的人會喜歡，作「爸爸」的會喜歡，小朋友看了，也應該都會喜歡。一句「微笑的媽媽，你天天不睡覺嗎？」真教人由心窩裡感到舒服，比任何陳舊的定型的歌頌母親的言語都要深刻感人。

(2)林煥彰的兒童詩選

林煥彰收錄在這本選集中的作品，計有：小白鵝、公雞、圖書館附近的小麻雀、公雞生蛋、小貓走路沒有聲音、我家的貓、青蛙、愛玩水的小青蛙、我愛青蛙呱呱呱、鳥兒最先知道、蟬、夏天、秋天、秋天的楓樹、狂風怒號、郵筒、碎石子的小路、古井、小星星、椰子樹、吃玉蜀黍的心情、拉鋸之歌、晒衣服、未來的太空，共二十四首。

這些都是我自己選的，照說理應是我當時認為還可以的作品，但現在回頭來看看它們，就不免有些後悔，例如：我家的貓、鳥兒最先知道、秋天、未來的太空等，就不太能夠容忍的；最近整理要出兩本童詩集，我還將其中〈秋天〉和〈未來的太空〉做了一番修改。

要在這裡說自己喜歡自己的作品，難免有「老王賣瓜」之嫌，如果以他人的喜好來評斷，較為客觀，在此試就無名氏、徐守濤、陳木城、林加春、浦漫汀、洪汛濤、張錦貽、孫幼軍、金波、樊發稼、李經藝、巢揚、班馬、南子、小黑等不同地區的作家、詩人、學者表示過喜歡的作品，有：〈小白鵝〉、〈圖書館附近的小麻雀〉、〈公雞生蛋〉、〈小貓走路沒有聲音〉、〈青蛙〉、〈我愛青蛙呱呱呱〉、〈夏天〉、〈古井〉、〈椰子樹〉、〈晒衣服〉等提供參考；其中〈椰子樹〉已獲新加坡政府教育單位採用為中小學華語高級教材，但〈公雞生蛋〉這一首，卻也有台灣兒童文學作家林鍾隆認為它不是「兒童詩」，是「童謠」，是一首不好的作品。我想，對於文學藝術的要求和評價，應該容許有「見仁見智」的看法，重要的是，作者本身必須有自己的主見和虛懷若谷的胸襟。

這裡，我就舉有不同評價的〈公雞生蛋〉，請大家評論：

天暗暗，地暗暗，
公雞站在大門口說：
喔喔喔，我要生蛋！
喔喔喔，我要生蛋！
喔喔喔，我要生個好蛋蛋！

天亮亮，地亮亮，
公雞跳到屋頂上：
喔喔喔，出來了！
喔喔喔，出來了！
喔喔喔，真的出來了！
我生了一個好大好大的金雞蛋！

詩的表現方法和形式，不是一成不變；誰也不能為誰制定公式，要人依樣畫葫蘆！詩的表現方法和形式，是因為內容的須要而有所不同。以借用「童謠風」的形式來寫童詩，在我眾多的童詩中，這是唯一的一首。

(3)林武憲的兒童詩選

林武憲收在這本選集裡的作品有：北風的玩笑、快把窗子打開、秋天的信、小樹、我要做個小仙人、曬太陽、鴿子、鞋子、井裡的小青蛙、風箏、螳螂和蟬、小路、回家、螢火蟲、夜晚的花園、早點兒睡吧！台北、釣魚、一天只有一次清晨、不要到屏東去、滾鐵環、柳樹的頭髮，共二十三首。

依據林武憲自己的童詩觀，我喜歡他的作品，有：〈快把窗子打開〉、〈小樹〉、〈曬太陽〉、〈陽光〉、〈鴿子〉、〈鞋〉、〈風箏〉、〈螢火蟲〉、〈釣魚〉，最喜歡的是〈快把窗子打開〉、〈曬太陽〉、〈鴿子〉、〈鞋〉、〈釣魚〉，不喜歡〈北風的玩笑〉、〈回家〉、〈小河瘦了〉、〈夜晚的花園〉、〈早點兒睡吧！台北〉、〈一天只有一次清晨〉、〈不要到屏東去〉等。就引〈釣魚〉這一首來欣賞：

魚，很快樂。
在水裡。唱歌。
在水裡。捉迷藏。
在水裡。吹泡泡兒。
。。。。。。。。。

把魚釣起來
釣魚的人很快樂
他不知道
水裡有魚的眼淚……

從表現技巧的運用、意象的捕捉、語言的跳躍性和情意美的要求，這是我極為偏愛的一首。

(4)謝武彰的兒童詩選

謝武彰收在這本選集裡的作品有：冬天的風、眼睛和鏡子、春、手套、春天在哪裡？春天的腳印、風、梳子、小狗吉利、急口令、茉莉花不見了、拜訪、停電了、著急的鍋子、沒穿衣服的相片、還有嗎？乖樓梯、心的風箏、晚風、神秘的夜晚、下雨的晚上、春天的野餐、宇宙是我們的家，共二十三首。其中有〈冬天的風〉、〈眼睛和鏡子〉、〈春〉、〈手套〉、〈梳子〉，是得第一屆洪建全兒童文學獎的部分作品（全部共十八首）。

我喜歡的有：〈眼睛和鏡子〉、〈春〉、〈手套〉、〈春天的腳印〉、〈風〉、〈梳子〉、〈茉莉花不見了〉、〈停電了〉、〈著急的鍋子〉、〈沒穿衣服的相片〉、〈還有嗎？〉、〈神秘的夜晚〉、〈春天的野餐〉等，最喜歡的是：〈手套〉、〈風〉、〈停電了〉、〈著急的鍋子〉、〈沒穿衣服的相片〉、〈春天的野餐〉，不喜歡的是：〈急口令〉、〈拜訪〉和〈晚風〉。現在我們就欣賞〈風〉吧！

媽媽把洗好的衣服
晾在繩子上
蜻蜓來看看就走了
蝴蝶來看看就走了
白雲來看看就走了

只有風最好奇了
悄悄的試穿著——

爸爸的上衣跟褲子
媽媽的洋裝跟裙子
弟弟的制服跟鞋子
他們互相看著彼此的怪模樣
呼呼的笑得喘不過氣來
哎呀——風好壞喔
還拿了我的毛巾跟手帕
擦過了汗
都扔在地上了
又拿了妹妹的圓帽子
當作鐵環滾走了
害我跑了好遠好遠才追回來

(5)杜榮琛的兒童詩選

杜榮琛收在這本選集中的作品，有：春雨、春風、春天被賣光了、怕打的小孩、山水畫、問、四季的播音員、溫暖的小河、比賽、樹海、受傷的心、戴假髮、5、6、9、尖和卡、海龜的日記、百葉窗、水筆仔的伸冤書、稻草人之歌，共二十首。

這些從作品的排列，恰好可以看出杜榮琛早期和中期努力成長的痕跡；這些作品，可說是他早、中期的代表作；從〈春雨〉到〈受傷的心〉這十首，是屬於早期（七十年代）的作品，較重「想像情趣的美」；從〈戴假髮〉到〈稻草人之歌〉等九首，算是中期（八十年代初）的作品，偏向「潛移默化的善」及「童言童語的真」，同時也反映了這個時期台灣社會「環保」意識的覺醒。

我喜歡的有：〈春天被賣光了〉、〈怕打的小孩〉、〈山水畫〉、〈溫暖的小河〉、〈比賽〉、〈尖和卡〉、〈海龜的日記〉、〈百葉窗〉、〈水筆仔的伸冤書〉、〈稻草人之歌〉；最喜歡的是：〈怕打的小孩〉、〈尖和卡〉、〈海龜的日記〉、〈稻草人之歌〉等。不喜歡的有：〈春雨〉、〈春風〉、〈問〉、〈四季的播音員〉、〈戴假髮〉等。在此，我選一首很有情趣的「文字詩」──〈尖和卡〉來欣賞：

尖先生有對兒子，
一個叫小小，
一個叫大大，
卡先生有對女兒，
一個叫上上，
一個叫下下，

小小喜歡養雞鴨，
大大喜歡放牛羊，
兄弟兩人從小到大住鄉下；
他們的房子不大也不小
剛好可以住全家。

上上喜歡逛夜市，
下下喜歡乘電梯，
姊妹兩人高高興興住都市；
他們的公寓不上也不下，

剛好夾在九層樓中央。

尖先生說：

住在鄉下真好。

卡先生說：

住在都市也不錯。

2.大陸「十家」童詩選

(1)于之的兒童詩選

于之收在這本選集中的作品，有：白浪裡鑽出來、小門、沙做被窩、海娃、地震與海嘯、跳遠冠軍、遙望、沙丘小花、小魚、海鷗小胖、海媽媽、海上樂隊、摔跤、和好、企鵝、遲到的太陽、浪衣、白帆、海跳蚤、大雨、捉星星，共二十二首。我喜歡的是：〈白浪裡鑽出來〉、〈小門〉、〈沙做被窩〉、〈海娃〉、〈海鷗小胖〉、〈浪衣〉、〈海媽媽〉；最喜歡的是：〈浪衣〉。不喜歡的有：〈跳遠的冠軍〉、〈沙丘小花〉、〈海上樂隊〉、〈和好〉、〈遲到的太陽〉、〈白帆〉、〈海跳蚤〉等。

在于之的這些童詩代表作中，一至四首寫於1956年，其餘的十八首都是三十年後的作品。我所喜歡的，大多屬於于之的少作，這樣的「偏差」，值得留意探討；而我最喜歡的〈浪衣〉，卻是後期的作品，好像有什麼「矛盾」，值得深思。這裡，就選我最喜歡的〈浪衣〉來欣賞：

波浪是海的女兒，

她衣服的顏色常換。

她愛穿青瑩透明的翻領衫，
配上珠花的項鍊，

有時換一件銀白上裝，
拖著青蓮色裙邊。

如果她滿身土黃、弄髒了新衣，
那是她調皮，玩了沙泥。
她難得換上朱紅的連衫裙，
用小白蝦的紅緞子染成。

夜間，當大量浮游生物發光，
波浪換上綠瑩瑩的新裝。

好像有無數小人魚自海底浮起，
一排排提著小燈籠，穿著舞衣。

她在月光下追逐、舞蹈。
衣袖上夜明珠熠熠閃耀。

(2)田地的兒童詩選

田地收在這本選集中的作品，有：小雨、不是女孩子、可怕的夜、麻雀、大水蜻蜓、冰花、早晨、風、嚴寒、找夢、手風琴睡覺了、蟈蟈兒（以上為「文革」前作品）、閃光的眼睛、害怕和不害怕、故鄉、風箏、端午節、螢火蟲、要為祖國添光彩（以上為「新時期」之作），共十九首。我喜歡的有：〈麻雀〉、〈冰花〉、〈早晨〉、〈風〉和〈嚴寒〉、〈找夢〉、〈蟈蟈兒〉、〈故鄉〉；最喜歡的是：〈冰花〉、〈早晨〉、〈風〉、〈嚴寒〉。不喜歡的有〈閃光的眼睛〉、〈害怕和不害怕〉、〈風箏〉、〈端午節〉、〈要為祖國添光彩〉。

我喜歡田地的作品，也以他早期的為多，「新時期」寫的，我大多不喜歡，主要的是太重視「教化」，而又表現得太直接。這裡就舉一首我最喜歡的〈嚴寒〉來欣賞：

「爸爸，是誰在街上跑？」
「哦，這是風在街上跑。」

「爸爸，是誰在窗上敲？」
「哦，也是風在窗上敲。」

「爸爸，幹嘛風不睡覺？」
「它給每家送信，嚴寒已經來到。」

(3)聖野的兒童詩選

聖野收在這本選集中的作品有：捉迷藏、糧食、歡迎小雨點、做好一件，再做第二件、雪姑娘、夏天、我最喜歡的、雷公公和啄木鳥、秋姑娘、神奇的窗子、竹林奇遇、禮物、小水坑、媽媽的耳朵、屋頂上的花落、花和雨、尋找、誠實的小樹，共十八首。我喜歡的有：〈捉迷藏〉、〈歡迎小雨點〉、〈做好一件，再做第二件〉、〈雷公公和啄木鳥〉、〈神奇的窗子〉、〈禮物〉、〈小水坑〉、〈媽媽的耳朵〉、〈誠實的小樹〉；我最喜歡的是：〈捉迷藏〉、〈歡迎小雨點〉和〈媽媽的耳朵〉。不喜歡的有：〈雪姑娘〉、〈夏天〉、〈秋姑娘〉、〈尋找〉等。這裡我選〈媽媽的耳朵〉來欣賞：

媽媽的耳朵
特別靈
好像裝了
一只電話機

媽媽在五樓
我在樓下
輕輕地一叫
媽媽就奔下來
給我開了門

媽媽在午睡
我在樓下
輕輕地一叫
媽媽又在
夢裡面聽到了

媽媽很快
擦擦眼睛
下來給我開了門

我問媽媽
有一天
當我走遠了
走到天邊邊
喊一聲媽媽
媽媽也能聽到
女兒的呼喚嗎？
媽媽微笑了一下
悄悄地告訴我：
能！

(4)任溶溶的兒童詩選

任溶溶收在這本選集中的作品，有：爸爸的老師、小孩小貓和大人的話、奶奶看電視、強強穿衣裳、我的哥哥聰明透頂、一個怪物和一個小學生、請你用我請你猜的東西猜一樣東西、絨毛小熊，共八首。任溶溶的詩都很長，最短的也有二十餘行，最長的近六十行。幾乎每一首我都喜歡，但也有不喜歡，如：〈我的哥哥聰明透頂〉、〈絨毛小熊〉；最喜歡的有：〈爸爸的老師〉、〈一個怪物和一個小學生〉、〈請你用我請你猜的東西猜一樣東西〉；現在我們來欣賞〈請你……〉這一首：

世界上有一樣最好的東西，
而且神奇，
　　　　神奇得像童話一樣。
可你用不著為了找它而去冒險，
因為我有，
　　你有，
　　大家有，
　　　　　它就長在我你身上。
你看到的、
　聽到的、
　讀到的一切東西，全都裝在它裡面。
隨你把太平洋裝進去，
把喜馬拉雅山裝進去……
裝吧裝吧，
　　　　它永遠不會裝滿。
它時刻不停地工作，
只有你睡著了，
　　　　　它才休息休息。
從它裡面出來的東西沒完沒了。
它還會給你很好的主意。
你裝進去的東西越多，
它給你好主意也越多，
甚至能夠讓你創造出一些東西來，
世界上還從來沒有過。

你的確有世界上這最好的東西，
　　而且神奇，
　　　　　　神奇得像童話一樣。
可你要是不好好用它，
有它等於沒有，
　　　　　　白白長在你的身上。

不是也有這樣的孩子嗎？
做事亂七八糟，
　　　　　　叫人生氣
爸爸媽媽罵他說：
　　　　「你真是沒有……」
唉呀，
　　　　我差點兒說出了謎底。

我相信
　　　聰明孩子會好好地用它，
成為一個智多星，
你將來就可以為祖國現代化，
做出許多、
　　許多、
　　許多
　　許多事情

請你猜猜我說的這東西，
到底是個什麼東西，
可你猜我說的這個東西，
正好要用
　　　　我請你猜的這個東西。

(5)張秋生的兒童詩選

張秋生收在這本選集中的作品，有：餵得豬兒肥油油、我和星星打電話、「啄木鳥」小隊、海的童話（組詩）、王小平的奇遇、爺爺和他的小隊、我在吐魯思念伙伴、這樣做事很糟糕（組詩）、綠色的和灰色的、森林裡的寓言（組詩），共十首。

我喜歡的是〈海的童話〉、〈這樣做事很糟糕〉中的〈半半歌〉、〈小馬虎日記〉及〈綠色的和灰色的〉、〈森林裡的寓言〉這一組寓言詩；其他的，我都不太喜歡。我最喜歡的是：〈半半歌〉、〈小馬虎日記〉。在這裡我們就選〈小馬虎日記〉來欣賞：

原文
「有位大力土，明氣要算釘釘香。
他吃一頓飯，滿滿三碗裝……」
——摘自小馬虎日記

「大力土」是什麼土，
用它栽花也許特別香；

他一下子能吃一噸飯，
大概長得和恐龍很相像；
一千公斤的飯裝三碗，
碗兒肯定大得像水缸……
還是讓我翻譯一下，
免得你猜得腦子發脹。

翻譯
「有位大力士，名氣要算頂頂響。
他吃一頓飯，滿滿三碗裝……」

(6)張繼樓的兒童詩選

張繼樓收在這本選集中的作品，有：一張圖畫占垛墻、蚱蜢、共傘、東家西家蒸饃饃、錯了歌、翻跟頭、我的爸爸是船長、上學的小路、山溪的歌、獻給鬧市一抹綠、採「星星」、小溪和竹林、太陽落山了、西天取經、初航、峨眉在我畫夾裡、秦俑館暢想、春天的懷抱、香山和我們、綠色的詩、問蟬、年齡＝價值，共二十三首。我喜歡的有：〈蚱蜢〉、〈東家西家蒸饃饃〉、〈錯了歌〉、〈翻跟頭〉（以上四首似童謠）、〈上學的小路〉、〈我的爸爸是船長〉、〈香山和我們〉、〈問蟬〉；最喜歡的是：〈蚱蜢〉、〈翻跟頭〉、〈我的爸爸是船長〉、〈上學的小路〉。不喜歡的有〈獻給鬧市一抹綠〉、〈西天取經〉、〈初航〉、〈峨眉在我畫夾裡〉、〈秦俑館暢想〉、〈春天的懷抱〉、〈綠色的詩〉等。

我喜歡的作品，也以他早期的為多，「新時期」寫的，我大多不喜歡，主要的是太重視「教化」，而又表現得太直接。現在就欣賞我最喜歡的一首〈上學的小路〉：

鑽進密密林，
破開重重霧；
掛在道道梁，
穿過深深谷。
高高低低，
彎彎曲曲。
這是我們上學的小路，
灑滿我們跳躍的汗珠。

唱著布谷鳥，
跳著小松鼠；
開著山丹丹，
長著大蘑菇。
快快樂樂，
藏藏躲躲。
這是我們上學的小路，
響著我們輕快的腳步。

(7)金波的兒童詩選

金波收在這本選集中的作品，有：我的雪人、流螢、風箏、小鹿、星星和花、葉笛、記憶、綠色的太陽、通紅的柿子、風鈴、電車上的遐想、蟋蟀、傾心、乳名，共十四首。我喜歡的有：〈我的雪人〉、〈小鹿〉、〈星星和花〉、〈通紅的柿子〉、〈風鈴〉、〈電車上的遐想〉、〈蟋蟀〉、〈乳名〉；最喜歡的是：〈我的雪人〉、〈小鹿〉、〈通紅的柿子〉、〈電車上的遐想〉。不喜歡的有：〈記憶〉、〈綠色的太陽〉等。在這裡，就選〈通紅的柿子〉來欣賞：

每天，每天，
都有三片、兩片
穿著紅襖的柿葉
去把秋風追趕。

當秋季的最後幾天，
光禿禿的柿子樹上，
不留一片葉子時
我看見：還有一個
通紅的柿子掛著，它把樹枝兒壓彎。

一個孩子說：
如果秋風把它摔下來，
它一定會摔得很疼，很疼。

另一個孩子說：
我希望再也別颳風，

就讓它在樹上過一冬。

還有一個孩子說：
我希望在一個秋天晚上，
它變成一盞小小的燈。
一位老爺爺說：
它會變成一顆小小的太陽，
給你們灑下甜密的光。

(8)柯岩的兒童詩選

柯岩收在這本選集中的作品，有：帽子的秘密、眼鏡惹出什麼事情、媽媽下班回了家、絶交、遠方的客人、題畫詩一組（十二首）、神奇的字，共十八首。我喜歡的有：〈眼鏡惹出什麼事情〉、〈遠方的客人〉、〈題畫詩一組〉；最喜歡的是〈眼鏡惹出什麼事情〉。柯岩的兒童詩都很長，我最喜歡的這首就長達八十行，太占篇幅，只好挑〈題畫詩一組〉中的〈月亮不會搞錯〉：

電視裡說：
日本小朋友
和我們長得差不多。
是這樣麼？是這樣麼？
月亮，月亮，你告訴我！

每天你升起來的時候，
是先照他，是先照我，
還是同時照著我們兩個？

你每天這樣照來照去，
會不會把我們搞錯？
月亮，月亮，你告訴我！

(9)魯兵的兒童詩選

魯兵收在這本選集中的作品，有：秋天、路燈、蚯蚓、詩的王國、講故事、難題、神奇的旅行、不知道和小問號、峨眉行、監獄之花，共十首。我喜歡的有：〈詩的王國〉、〈講故事〉、〈難題〉、〈不知道和小問號〉；最喜歡的是：〈講故事〉、〈不知道和小問號〉。不喜歡的是：〈秋天〉、〈路燈〉、〈蚯蚓〉、〈峨眉行〉、〈監獄之花〉。

這些作品，前五首為1946—1948年所作，其他可能是「文革」之後的作品。在這裡，我選一首早期的作品〈講故事〉（13）來欣賞：

我去拜訪兩個小妹妹
我說：我要送她們點東西
可是不知道她們要些什麼

她們想也不想，就說

她們要故事，許多故事

哎呀，我的故事丟在家裡呢
自己家裡，枕頭的旁邊
怎麼辦呢，怎麼辦呢

她們不相信
按了按我的肚皮
說肚皮裡就有一千個
還來我夾肢窩裡找
癢得我笑都來不及了

講哩，我說講一個
我說：再呵癢
我笑起來故事會從嘴巴裡溜出去的
她們靠在我身上
很安靜，很安靜
聽了一個獅子做壽的故事
她們嫌短
又聽了一個狐狸請客
這才放了我
和我說：再會，再會
還說
下次我去了，從枕頭的旁邊
要多帶幾個故事去

(10)聽聽的兒童詩選

聽聽收在這本選集中的作品，有：蚯蚓和蝦、大理石在閃光（組詩）、家庭兒歌三首、愛、賣虎骨的藏族阿哥、藍桉樹上的雲雀、我愛華表、綠雨、跑向未來、白帆、大海和老師、塞爾維亞的孩子（組詩）、彩色的音符、奶奶的童話、就差一點兒、奇怪的脖子、橡皮的奇遇，共二十二首。我喜歡的有：〈蚯蚓和蝦〉、〈大理石在閃光〉、〈綠雨〉、〈跑向未來〉、〈塞爾維亞的孩子〉、〈彩色的音符〉、〈奶奶的童話〉、〈就差一點兒〉；最喜歡的是：〈塞爾維亞的孩子〉中的〈小村新畫〉、〈彩色的音符〉、〈就差一點兒〉（可惜最後一節兩行是畫蛇添足）。不喜歡的有〈家庭兒歌三首〉、〈愛〉、〈賣虎骨的藏族阿哥〉、〈藍桉樹上的雲雀〉、〈我愛華表〉、〈白帆〉、〈大海和老師〉。現在我們來欣賞〈小村新畫〉：

清晨，露珠兒還沒有散盡，
野罌粟花就鑽出了綠茵，
喲，他把羊群趕到天上去了！
儘管山坡緩平、小路蔭深。
不！那是雲朵，他遠去，
他在胡桃樹下正讀得認真。

啊，美麗的塞爾維亞農村，
又打開了新畫一幀——

隨著野罌粟花的開放，
朝露在溪流中由金變銀。
瞧，是哪家勤勞的孩子，
在假日一開始就趕出了羊群？
我相信，他讀的書與家鄉有關，
因為此時炊煙剛剛散盡，
就是說，依傍著筆直的高速公路，
他的小村莊肯定會緊追猛進。

《附注》

我試以主觀的方式──以「喜歡」、「不喜歡」或「最喜歡」、「最不喜歡」的用語來表達我對某些作品的看法，除明顯具有個人偏好而作成「價值判斷」外，但無可避免的，也會以作者的「童詩觀」作為衡量準則以減低個人的「偏好」和「偏見」；換句話說，在做類似「價值判斷」時，我盡可能以較客觀、平靜的「就作品談作品」，就文學本位來做對某位作家、作品的「判斷」。

我對「五家」、「十家」的童詩選，所做的「判斷」，完全以收錄在這兩本選集中的作品為限，我的「判斷」或有「價值觀」在內。但絕不含蓋對某位作家的其他作品（或全部）的整體風格、特色與成就之評論。

原載《童詩童話比較研究論文特刊》
中華民國兒童文學學會印行
2004年6月出版

請看「有趣」的數字

——談《台灣兒童文學精華集》十冊的詩歌

「小魯」委託台東大學前兒童文學研究所所長林文寶教授擔任總策畫，組織編選團隊，從2000年到2009年，每年編一本《台灣兒童文學精華集》，詩歌：洪志明主編，童話：陳景聰主編，故事、散文、小說：陳沛慈主編；他們都是林所長研究所畢業的碩士，受過專業訓練，屬學院派兒童文學工作者、也是創作者。這套選集，分別在2006年7、8月及2009年6月和2011年11、12月初版，共十冊；篇幅從不足200頁到厚達近280頁。詩歌所佔篇幅大多在20至30頁之間，其比例相當少。《文訊》編者邀稿，要我談關於詩歌部分。首先，我肯定出版單位印行這套書，對文化使命所貢獻的意義；其次，對林教授所領導編選團隊，每位成員吃力辛勞的付出，表示敬意；另外，因為字數所限，我只想從入選名單、篇數及作品來源，談一點看法。

1.新世紀台灣第一個十年的兒童詩歌

從這十年入選名單來看，台灣兒童詩歌是歉收的，而兒歌尤其嚴重；一個沒有詩沒有歌的民族、國家，是悲哀的！

這套「精華集」，詩歌入選作者有哪些？

2000年有：馮輝岳（兒）、林煥彰、牧也、林良、楊寶山、林謙和（兒）、曾美慧（兒）等七首，其中兒歌三首。

2001年有：董毓芯（兒）、賴伊麗、潘人木（兒）、陳佩誼、陳秀芬（兒）、謝宇斐、沈秋蘭、林佑儒、陳佩萱（兒）、牧也、蔡榮勇等十一首，其中兒歌四首。

2002年有：林峻堅（兒）、蔡榮勇、鄭明昀（兒）、周銘斌、呂嘉紋、王佑右、廖炳焜、子魚等八首，其中兒歌二首。

2003年有：林良、林明慎、陳秀俤（兒）、杜榮琛、林煥彰、白聆、林茵、蔡榮勇、林世仁等九首，其中兒歌一首。

2004年有：林芳萍（兒）、林鍾隆、胡秋梣、林煥彰、林良、蘇善等六首，其中兒歌一首。

2005年有：陳昇群、李潼、許書寧、牧也、黃振裕、林良、許玉蘭等七首，都是童詩。

2006年有：黃振裕、牧也、林茂興、林世仁、吳登山等五首，也都是童詩。

2007年有：林月娥、林武憲、蘇善、紀小樣、林茵、林哲璋等六首童詩，其中林月娥作品屬於組詩，以五首組成。

2008年有：陳秀枝、陳昇群、洪國隆、林世仁、蘇善、金熊、吳登山、牧也、向明等十首童詩，其中向明有兩首四行短詩。

2009年有：牧也、羅葉、林世仁、吳登山、陳亮文、十四樓等六首童詩。

以上總計75首，其中兒歌僅11首。

2.「有趣」的數字告訴我們什麼？

依據這十年入選名單，做一次簡單統計，可發現一個「有趣」的現象：林姓作者特別多，有：林良、林鍾隆、林煥彰、林明慎、林月娥、林武憲、林芳萍、林謙和、林佑儒、林茂興、林茵、林世仁、林哲璋、林峻堅十四位22首，約佔30%；入選最多的個人，是牧也六首，佔8%；其次林良、林世仁各四首，林煥彰、蔡榮勇、吳登山、蘇善各三首；以上七位共26首，佔34.4%；他們的作品何以有這麼多機會入選？是否有些幸運，被編者特別青睞？還是真的可以經得起「精華」兩字檢驗？值得讀者用心評鑑。

如果要探討這套「精華集」中的作品成就，首先，我們得對「精華」兩字要做一番解讀：它標誌的意義、品質和價值是什麼？在我簡單的認知裡，它當然會告訴我，這裡面所選的作品，指的是：在該年度裡的同類作品中的「好作品」，就是「精華」；它究竟是不是真的好，可能會有不同見解和評價；本來，在文學作品中，談到好壞，就有見仁見智的不同看法，作為一個選集的編選者，自然有他的鑑賞觀點和標準，但要以所謂「精華」來標榜，那是危險的，因為仗著「權威」會吃力不討好。我想以其中一首篇幅較小、但不宜選入的作品，〈戰後的天空〉（2009）為例：

孩子拾起破碎的希望
在廢墟裡拼湊一座
擊不倒炸不垮屬於我們
以及大家的耶路撒冷

關於綠洲
記得擰一朵雲，要烏雲
才會下雨

所謂停火協議也無法拭淨
沾染血漬的童年

就詩論詩，它雖然是選自「第二十七屆全國學生文學獎，大專新詩組第二名（原載《明道文藝》第399期），但詩質淡薄，與「精華」有距離，而且也不能因它開頭和結尾有「孩子」與「童年」的字眼，就認為是「童詩」！

再以整套選集詩歌所佔篇幅約十分之一來談，真為難了編者；我認為所選作品不宜超過兩頁長度的詩，尤其組詩之類，詩質不足又無創新的作品，以2007年度《大雨過後》這組詩長達八頁，佔該年度詩歌篇幅的三分之一，實在可惜；我相信一定有和它相當的作品，因此而被擠掉！

我這麼想並非全盤否定編者所選的詩歌，例如2008年度林世仁的〈限時專送〉，就是很有創意的「精華」之作；但選入太多一字一行或斜斜排列的那種形式的作品，如〈傍晚的鷺鷥〉、〈太陽的鐵板燒〉、〈兩種好滋味〉、〈賴床的甜麵糊戰〉等，有一首也就夠了，既無新意又一再重複，就令人心煩！文學藝術要講究創新。在這兒，我要特別贊賞編者選入2009年度裡羅葉的〈在國小圖書館〉；這首詩才是真正「精華」之作，值得廣為推薦閱讀、欣賞。至於2008年度向明〈瞬間四行體十首之一、之二〉，精煉的小詩，也是極為難得的詩作；雖然他不是為兒童寫，卻也適合兒童欣賞，絕無困難。

3.這十年「精華」作品從哪兒來？

這十年「精華」作品，有下列幾個來源，按出現順序是：《國語日報周刊》、《小作家月刊》、《國語日報》、《兒童的》雜誌、《民生報》兒童文學徵文入選作品、第七屆師院生兒童文學獎、文建會「兒歌一百」、《滿天星》詩刊、海峽兩岸兒童文學徵文、《台灣兒童文學季刊》、《高雄市公車站燈箱詩文徵選活動」得獎作品（林良、林煥彰的詩，係主辦單位邀稿，非編者認為的「得獎作品」）、《兒童天地》、《明道文藝》、第五屆林榮三文學獎等；編者不僅從日常媒體發表園地，如《國語日報》、《兒童的》雜誌、《國語日報周刊》、《小作家月刊》等專業刊物，他還注意到其他非常態的一些徵獎得獎或入選作品中篩選；從所選作品出處來看，編者是用心的，他也同時讓我們發現：台灣兒童文學的發展，其園地非常有限！這些所謂「精華」的兒童詩歌作品，大約百分之七、八十，來自《國語日報》兒童文藝版；只有這樣一個主要的發表園地，是不利台灣兒童文學發展；我不知道我們的教育、文化部門有沒有注意到：台灣兒童文學的重要性和發展的窘境？

沒有良好的兒童文學發展的國家，是可悲的！

2012.04.22/21:22研究苑

2012.05.《文訊》雜誌

白色鳥的喜訊

——金波兒童詩歌集《相遇白色鳥》讀後

「詩」和「歌」的結合，成為「詩歌」；「詩」、「歌」在一起的傳統，是中國文學的特色之一，歷史相當悠久；《詩經》就是它的活水源頭，一直流淌下來，琅琅上口，形成一條優雅、清澈的文學大河；一路高唱過來，一路濺起迷人的浪花、晶瑩剔透的珍珠……

中國當代著名詩人、兒童文學家金波先生，他的詩歌作品，就在這個優雅的文學傳統裡，汲取養分，使用現代語言、語法，賦予現代精神，開創屬於自己獨特風格的文學作品。

「金波先生該有一把金色的長鬍子了吧！」有過閱讀金波先生的文學作品經驗的人，尤其小朋友，或許看到他又有一本新書出版，會有這樣好奇的一問吧！因為金波先生在他的作品中，總會充滿智慧、愛心的寫下優美的詩句，彷彿在他的作品裡也同時留下一位長者優雅、溫潤、慈祥的面容，讓讀者讀後有了深刻的印象、迷人的想像。

我和金波先生是老友，因為多年不見，也難免有一些想像；如果他也湊興蓄起了鬍子，像古代中國大詩人李白、杜甫那樣的話；我會有這樣的想像，是很合理、很自然的；想像中的老友，該有的、慈祥的美貌唷！他住北京，我在台北，這麼多年遙遠的時空相隔的距離，我的想像當然是有幾分浪漫的。尤其此刻，我的書桌上、我的筆記電腦旁，恰好正擺放著他一本新書，是透過電子列印出來的，書名叫《相遇白色鳥》。我專注的看著一百多頁的詩篇，一瞬間一頁頁都幻化成了一群白鴿，停在我眼前，和我親切相望；一隻隻白鴿，牠們是從數千里外的北方、將春天的百花和夏天的金色陽光、這兩個季節之最的美，一起帶來了，啊！老友是這般瀟灑，他的新作也是這般優雅；我不禁要移動我的身子，回到我平日閱讀的習慣，好好窩在沙潑上捧著讀它，一口氣將它們讀完；想著想著，我的回憶和想像就是更多更美了！

《相遇白色鳥》是一本兒童詩歌集，封面上明確標示適讀年級；是金波先生他專意為小學一年級學生寫的。有明確設定閱讀對象，它的題材、內容、主題、語言、形式，就是作者用心設計和規範，自然也就有一定的範圍和表現了。金波先生是詩人，是音樂系資深教授，他的詩歌作品的語言特色，總是不會繞過他的身分和專業；他的作品，特別著重音樂性和繪畫性的掌握；每個字都繫著特製的小鈴鐺，叮叮噹噹、鏗鏗鏘鏘的在每一首詩裡跳躍著……

我讀老友金波先生的詩歌作品，印象特別深刻的，就在他煉字、煉詞的獨到工夫；有嚴密的結構，又不失靈活的節奏，所以，他的作品，詩的跳躍性是很強的，詩的感覺是很濃烈的，詩的語言張力是滿滿的，詩的餘味是繞樑的……現在正捧讀著的《相遇白色鳥》，雖名為一年級學童寫的，針對他們的語文閱讀能力、閱讀興趣和審美要求等等，不得不適當的調整語言、詞彙、題材和表現方式，但做為一個老讀者，我閱讀的感覺，這些成功的詩歌必備的表現特質和成就，不但不因為面對的是低年級學童的讀者對象，而受到羈絆的影響，並且有符合這個年齡層學童學習優雅語言、培養閱讀樂趣等方面之外，又多了一些低幼兒童文學應有的純真、童稚、遊戲趣味的瀾漫氛圍！明確的說，這本兒童詩歌集的文學成就，語言是首要的條件，金波先生在這部新作中，他所使用的語言，是貼近這個年齡層的兒童，是生活化的流暢的活語言，可又非常技巧的，注重這個年齡層學童進階的語言知識的需求；在題材方面，它的多樣和豐富性，也是這個年齡層學童所應該發展的人際的、知識的、文化的、生活化的範圍，而他的表現方式和主題意識所蘊含的，有豐富的真摯趣味，有親情、友情、人情、人間萬物之情等具教化性的博愛精神。

「詩歌」是文學的精緻化的「語言藝術」，它的語言特質是經過作者常年淬煉，成為一種精華；而每位作者淬煉過的語言，都有自己獨特的敘述風味而形成獨特風格；金波先生的詩歌語言，是具有古典風味的現代口語化的優雅之美，常常朗讀金波先生的兒童詩歌作品，對低年級學童語言能力的提升，有事半功倍的效益；在這裡，我想引錄這本兒童詩歌集中兩個段落做為例證，也試做賞析，和讀者分享：

風，搖綠了樹的枝條，
水，漂白了鴨的羽毛，
盼望了整整一個冬天，
你看，春天已經來到。

讓我們換上春裝，
像小鳥換上新的羽毛，
飛過樹林，飛過山崗，
到處有春天的微笑。

這是〈春的消息〉前兩段，是金波先生兒童詩歌語言一貫的清純、優雅的修辭特色。請再欣賞：

當我從夢中醒來，
我又編織了一個夢境：
我要像領著小弟弟、小妹妹那樣，
領著這些花朵開始春天的旅行。
去給山崗披一件花的衣衫，
去給小河鑲兩行彩色的花邊，
再給養蜂場周圍的田野，
鋪上無邊的鮮花地毯。

在這裡聞著花香，聽著鳥語，
把生活打扮得更加美麗；
養蜂老爺爺會誇獎我們……
送來的是花，也是蜜！

這是〈花的夢〉最後兩段；花是美的，「花的夢」更美。金波先生的彩筆就這麼輕鬆的把讀者領進了花的美夢裡，享受詩中的情意之美。詩的語言的巧妙，就在詩人夢樣的想像中幻化出來。

在現當代中國兒童文學詩歌界裡，「金波」是一塊金字招牌；我很高興在多年不見之後，看到老友的新作《相遇白色鳥》是如此可親可愛，扣人心弦！我祝願這隻白色鳥能飛進每個中國兒童的心窩裡，成為他們的最愛，陪伴他們在成長中快樂的學習。

2008.06.15./11:57研究苑

《附注》

朗讀的必要

詩歌是富有音樂性、繪畫性的文學作品；《相遇白色鳥》語言簡潔、詞彙豐富、優雅，音樂性強，繪畫性也強，詩中生活故事、童話幻想、遊戲童趣和詩歌特有的情意美、美德教育美，都是這本書的重要成就。一年級學童是學習語文感受力最敏銳、奠定語文良好基礎的最佳時機，閱讀這本書，自然可以強烈的感受到這些好處；如果能夠透過聲音，大聲朗讀，讓聽覺和其他感覺直接體會詩歌跳躍性的語言節奏之美，也許更能品味詩歌的閱讀樂趣。

2008.06.14./06:30

愛心和智慧的經典表現

——讀詹冰童詩集《誰在黑板上寫ㄅㄆㄇ》

美國桂冠詩人佛洛斯特曾說：「讀起來很愉快，讀過以後感覺自己又變得聰明了許多的，那就是詩。」我一直記得這句話，並且常常引用說明我閱讀詩人詹冰的童詩。

〈小麻雀〉

找不到媽媽的
小麻雀好可憐
在屋頂上
啾，啾，啾……
在榕樹上
啾，啾，啾……
在我的心坎裡
啾，啾，啾……
趕快拿擴音器給牠吧！

小麻雀的叫聲很小很小，但牠們是一種一直喜歡「啾啾啾」叫個不停的小鳥兒；如果你認為你聽到的小麻雀「啾啾啾」的不斷的叫聲，像是在找媽媽的話，那麼你的惻隱之心可能也會被喚醒。詹冰是位富有詩心、童心和愛心的詩人，所以對大自然的事物都非常敏感。

這是詹冰寫的一首童詩〈小麻雀〉，非常可愛、非常有趣、非常有同情心，也非常有智慧。它很簡單吧！是的，一年級的小朋友可以讀，一百歲的老爺爺也可以讀，而且我相信都會讀得很愉快，又能幫助讀它的人獲得一些啟發，感覺自己又變得聰明了許多。

這首詩的「詩眼」在最後一行；從第三行到第六行的鋪陳，讓讀者感覺到處都充滿小麻雀「啾啾啾」的叫聲，卻無法讓麻雀媽媽聽到！詩人動用了「擴音器」來幫助牠，實在是妙不可言了！

「詩在哪裡？」詩就在詹冰的詩心、童心和愛心裡。

大約從上世紀七十年代起，台灣兒童詩開始風起雲湧，我在國內外講學，推廣童詩寫作、教學、研究，辦刊物，也編選專集，而最常引用的作品，就是詹冰的童詩；尤其他的〈遊戲〉、〈山路上的螞蟻〉、〈插秧〉、〈小麻雀〉、〈蜈蚣〉、〈水牛〉、〈母豬〉、〈雨〉等等，都是我所喜愛的經典之作。而這些作品，現在都編選在聯合報「童書出版部」2008年12月印行的詩畫集《誰在黑板上寫ㄅㄆㄇ》，讓我有機會隨時可以再次欣賞，而獲得更多的啟發。

在這些我一直喜愛著的童詩中，〈插秧〉曾編入國編版國中語文課本裡，現在的民編版小學語文課本也在使用，對擔任國中、小學老師和學生，那如田園畫的詩中美景和意境，印象應該是深刻的；至於我一開始就提到的〈小麻雀〉這首詩，印象中，它和我的〈小螞蟻〉，曾經在上世紀九十年代，同時被中國大陸一位作曲家譜成曲子，做成兒歌音樂帶在大江南北發行，我想它受到的歡迎是不只台灣本土而已。

詹冰是位具有現代主義精神的前衛詩人之一，他的詩觀很特別；他曾說過：「我的詩觀是計算的。」這種「計算」的詩觀，我的理解是「精準」的一種說法；從他具有圖象特色、視覺性很突出的代表作品中，如〈山路上的螞蟻〉、〈插秧〉、〈蜈蚣〉、〈母豬〉、〈雨〉、〈白雲〉和這本詩集同名的〈誰在黑板上寫ㄅㄆㄇ〉等，都是具體的例證；這裡我想引用〈山路上的螞蟻〉和〈蜈蚣〉來和大家分享——

〈山路上的螞蟻〉

螞蟻螞蟻螞蟻螞蟻螞蟻螞蟻
　蝗蟲的大腿
螞蟻螞蟻螞蟻螞蟻螞蟻螞蟻

螞蟻螞蟻螞蟻螞蟻螞蟻螞蟻
　　　　　蜻蜓的眼睛
螞蟻螞蟻螞蟻螞蟻螞蟻螞蟻

螞蟻螞蟻螞蟻螞蟻螞蟻螞蟻
　　　蝴蝶的翅膀
螞蟻螞蟻螞蟻螞蟻螞蟻螞蟻

〈蜈蚣〉

小蜈蚣說：
「爸爸，新年快到了，
我要買新鞋子。」

蜈蚣爸爸說：

「你要我的老命是不是！」

現代主義詩人的基本精神和特色，就是「主知思維」的特性的具體表現；詹冰為兒童寫詩，也和他創作現代詩（成人詩）一樣，絕無濫情的表現；可是，做為一個主張為兒童寫詩必須具備「詩心」、「童心」、「愛心」和「無心」（虛心）的詩人來說，詹冰的童詩是蘊涵純真的性情，所以每首童詩都洋溢著他對兒童以及世界萬物的博愛精神。

詹冰的童詩，還有一個很珍貴的特色：擅長用「對話」手法、形式來處理，語言淺白、親切，極富戲劇性的張力和藝術效果；他的童詩，是愛心和智慧的經典表現，必然能成為不朽的經典。

2009.01.07/23:13研究苑

我，一直很喜歡林世仁

——先說說他的童詩集《宇宙呼啦圈》

我，一直很喜歡林世仁；喜歡他的人，也喜歡他的作品；不！應該「倒（正）過」來說才對，因為以前、很久以前（其實，也沒多久，了不起是十多年而已），我還不認識他的時候，就先喜歡他的作品；喜歡他的作品，包括童話和童詩；如果他也寫其他文類，如散文、小說、故事等，我相信、也敢給自己保證：我也一定都會喜歡。

喜歡一個人有時是說不出什麼道理的，喜歡就是喜歡；喜歡一個人的作品，有時也是不一定能說出什麼道理，喜歡就是喜歡；當然，我喜歡林世仁和他的所有的作品，都是有道理的，而且可以說出很多很多大道理；當然，那又得花很多很多的文字、很多很多的時間，現在不允許！我，只好省省吧！只先說說他的童詩集《宇宙呼啦圈》。

《宇宙呼啦圈》是林世仁的童詩集，2004年10月由民生報社印行；算算已經有四年多了，好像沒有看到台灣兒童文學界的學者來談它？我長久以來一直懷疑我們台灣兒童文學界的學者，似乎不太看重兒童詩；不批評、不討論、不研究、不關心；是嗎？大概是吧！因此，林世仁的童詩集《宇宙呼啦圈》，還沒有人來評介它、評論它，我覺得好可惜！

我是一個寫作者，不是研究者，不是學者，要僭越我的「本職」來說說我喜歡的一個人的一本詩集，是不得已的；因為我只能用我自己「喜歡的方式」來談它；不是評論、不是評介、不是研究，什麼都不是啦！只純粹的喜歡。

這本童詩集，出版社將它「定位」為「詩畫集」；畫者是法國人（Olivier Ferrieux）定居在台北，中文名叫歐笠嵬，是酷酷的全職畫家，畫酷酷的畫。詩，當然是林世仁的，有「世仁風」，既有創意、有童趣（遊戲性很強）又有隱藏的嚴肅主題；如假包換。全書計收十三首童詩，數量不多；好，就不必多。因為不多，所以我要把全部篇名列下來：

1.〈紙張的環保宣言〉、2.〈顏色跑到哪裡去了？〉、3.〈大腳巨人的詩〉、4.〈心裡的動物園〉、5.〈自由女神〉、6.〈星星收童〉、7.〈顛倒夢〉、8.〈雨中的公車〉、9.〈塞車時想到的事〉、10.〈啊！夏天〉、11.〈宇宙呼拉圈〉、12.〈換衣服〉、13.〈那就值得了愛〉。

從這十三首童詩來看，第1、2、5、9四首主題與環保有關，表現作者關心「環保」議題，合乎現今當下全球都在關注的問題；這個問題，既是過去人類生活過度開發所造成的後果，是現在的，也是將來的；做為兒童詩的主題，具有相當正面的意義；有社會教育作用，但絕不會有「教訓」、「教條」的毛病；現當代華文兒童文學界、兒童詩壇，我所看到的，林世仁是最懂得、也最擅長掌握「遊戲手法」處理嚴肅的課題；更準確的說，林世仁是最懂得、也最擅長運用「遊戲手法」來寫任何題材、任何主題的詩。但在我這種籠統、概念的說法之外，更具體的，我應該說，能成就他所寫的每一種題材、每一種主題的每一首詩的魅力的，就是他發揮了毫無框架限制的豐富、飛躍的想像力，讓每首詩、每位讀者都能有機會獲得遼闊的想像空間，並且可以延伸或衍生出意外的閱讀、樂讀的「遊戲」方式；這裡我就根據個人的閱讀方式，先選〈自由女神〉這一首為例，和大家分享我讀後的想法和玩法；首先請看原詩——

誰知道臭氧層為什麼會破洞？
自由女神！
你看她把手舉得那麼高

誰知道雨林為什麼會越變越小？
自由女神！
你看她把手舉得那麼高

誰知道流浪狗為什麼滿街跑？
自由女神！
你看她把手舉得那麼高

誰知道人類為什麼愛打仗？
自由女神！
你看她把手舉得那麼高

自由女神什麼問題都想答
她最愛舉手回答：「我知道！」

只可惜
自由女神統統答錯了

你看
她被上帝罰站那麼久
手還不准放下來

地球上的問題很多；其實，也不僅是地球上的問題很多，因為地球上問題很多，宇宙、太空也跟著倒楣，出現了更大的問題；「臭氧層破洞」、「雨林越變越小」、「流浪狗滿街跑」、「人類愛打仗」……這些總的歸咎起來，都是人類製造出來的問題，追根究柢，要減少或撲滅（哪有可能？不是我悲觀，是無能！）這些或所有的問題，就是「改造人類」的課題。詩人總是悲天憫人的，明知理想的實現是不可能，但還是天真浪漫的存有一絲「希望」，希望把寄托放在下一代的下一代，所以我們就寫詩吧！

自由女神一直高舉著她的手，好累！是真的她被上帝處罰嗎？還是被人類的愚昧所詛咒的？

自由女神矗立在美國紐約港口，是全世界所矚目的焦點，是美國立國的基本精神象徵：象徵自由、民主、平等、博愛，是全人類努力追求的終極目標；但成為這首詩的大意象（主意象），作者哪來的「魔力」？只輕輕用一支筆尖就將她「轉化」成讀者（不分大小）人人所熟悉、在課堂上要回答問題時舉手的標準形象；尤其在純真的兒童心眼裡，那是多麼的認真、多麼的勇敢、多麼的自信、多麼的神聖……多麼的不容置疑！可是，可是──「只可惜」詩人洞察的結果，給我們的答案卻說「自由女神統統答錯了」，而且她還被上帝罰站，從一開始到現在（也將直到永遠；除非把她毀滅掉！）手還不准放下來！這「玩笑」可真開大了，但你能說不是嗎？

不能改變的「事實」就一定有它的道理；「道理」不能改變的，就會成為「真理」。因此，我心悅臣服，接受這首詩在輕鬆愉快閱讀之後所得到的真理。

你想「玩」這首詩嗎？沒問題，那就找幾位志同道合、氣味相同的同學朋友來玩，最好是整班的在課堂裡「玩」；討論一些嚴肅的話題，當然也可以嬉皮笑臉的「玩它」；假設你就是自由女神，你手一直舉高，不得放下，因為你沒有一個可以答得出來，手舉久了你會有什麼感覺、什麼感受？你會有什麼樣的思維、什麼樣的反省和改變？

如果一首詩是這樣「玩」的話，那就太不好玩了；作者大概也不希望是用我這種「老頭子的餿主意」來玩，因此要玩嘛就得由你自己來想辦法；一定可以想出好辦法來。

這十三首童詩，每一首我都喜歡；但要每一首都拿出來在這裡談，我是辦不到的；最多只能再談一首，那就再談一首吧！請看第一首〈紙張的環保宣言〉：

一首好的詩是神聖的
一篇好的散文是神聖的
一部好的小說是神聖的
一本好的故事書是神聖的

因為它們都是寫在樹的身上

一首不好的詩是該打屁股的
一篇不好的散文是該打屁股的
一部不好的小說是該打屁股的
一本不好的故事書是該打屁股的

因為它們都是寫在樹的身上

至於那些亂印廣告單和亂出書的
都該排隊到森林裡罰站
對著神木鞠躬道歉三千次
再把小學課本抄三遍
誰教他們全忘了
不能在樹上亂刻字

這篇「紙張的環保宣言」寫得怎麼樣？我的意思是：做為「宣言」，它是寫得夠清楚、夠明白了！小學一二年級生都可以看懂，大人就應該都沒有問題了吧？因為我認為這世界上的所有的問題，都是大人製造出來的；所有的問題都應該由大人來承擔、從大人身上來解決。當然，就詩論詩，我們還是來談談詩吧！

也是我很尊敬、很喜歡的台灣現代詩人詹冰（1921-2004），他寫現代詩也寫兒童詩；他曾在〈兒童詩隨想〉中說：「兒童詩的作者要有詩心、童心、愛心。」對！就是這三顆心就夠了，我們就足於拿來對照林世仁寫的童詩；當然，針對這首〈紙張的環保宣言〉也完全適用。

讀這首詩，「詩心、童心、愛心」這三顆心作者是完全派上了，也讓我們活生生的見到了；因此，我讀這首詩的感覺是：好玩、輕鬆。但讀這首詩的感受就不同了；最少是不是那麼「好玩」，因為詩的主題是嚴肅的；透過好玩、輕鬆的閱讀來思考、省思嚴肅的議題，讀者應該有所啟發；也正如美國已故現代桂冠詩人佛洛斯特所說的：「讀得很愉快，讀過以後感覺自己又聰明了許多。」這種讀詩的作用，是多麼珍貴啊！做為一個寫作者，讀到這樣的一首詩，也是具有警惕和激勵的作用，希望自己不必被打屁股，不必到森林裡罰站，不必對神木鞠躬三千次……

世仁能寫出這樣的好作品，就是有良知、有智慧、有愛心、有詩心的最佳表現；所以，我是一直很喜歡林世仁；喜歡他的人，也喜歡他的作品。也希望大家都跟我一樣：喜歡他的人，也喜歡他的作品。

2009.05.31/21:16研究苑

2009《國語日報》兒童文學周刊

卷四

幼兒詩的記錄與探索

——《童稚心靈皆是詩》序

在台灣，「兒童詩」已經叫得很響，幾乎上了小學的小朋友和他們的老師都知道，甚至有很多比較注意孩子課業的家長們，也都知道。但談起「幼兒詩」來，知道的人就少了，對大多數的人而言，是很陌生的。

有關「幼兒詩」，在八十年代，台灣兒童詩最蓬勃的「布穀鳥時期」，「幼兒詩」曾經有一度由詩人李莎和兒童文學工作者、教師洪中周等做過一些，記錄了他們的子女的詩；至於外國，筆者也曾經閱讀過翻譯的日本、韓國、美國、英國、法國……的有關記載和作品，而且也不乏佳作，只是沒有人再進一步更認真用心的去探索！

近年來，詩人薛林繼兒童詩的寫作、推廣之後又發掘了新的領域，在偏離台北各種新興文化活動發展中心的南台灣新營，開始了默默記錄「幼兒詩」，並探索有關「幼兒詩」的存在及其記錄的理論基礎，而且有了相當的成果；包括記錄很多來自幼兒純真、直覺、新鮮、好奇、原始的「字詞句」所組合的作品，以及對「幼兒詩」尋求基礎理路思考探索的文章或隨筆，編著成一本台灣唯一談論「幼兒詩」的專著，叫《童稚心靈皆是詩》。

這本書分成二十九個篇章，內容有：

一、〈動力與最愛〉，闡明「世上最真實、最美的：一是大自然；一是童稚的心。它們是我寫詩的動力；又是我的最愛。」可說是本書的「序論」。

二、〈不用接著劑的幼兒詩〉，談「幼兒詩」的本質性，可當「幼兒詩」的「本質論」來看待。

三、〈純靈感的幼兒詩〉，說明「幼兒詩的靈感係受自然事物美的觸動脫口吟哦而成」，也是屬於「本質論」的範疇論證。

四、〈幼兒詩也有風格〉，肯定「幼兒詩」具有獨特的風格，算是「風格論」。

五、〈幼兒詩的結構——組合工程〉，談幼兒口中的「字詞句」，須如何經過「記錄員」的排列組合，是屬於「詩的結構組合工程」；並進一步闡明「幼兒只有表現詩的『字詞句』的能力，排列組合工程，卻有賴於詩的記錄員來完成。」應該說是「寫作論」或「技巧論」。

六、〈思路、詩路、詩〉，是「思路」、「詩路」與「詩」的關係，是探索「幼兒詩」所產生的心路思考及其完成的歷程。

七、〈心路的融會點〉，闡述完成一首「幼兒詩」的記錄，是「記錄員」與幼兒「當雙導向的心路融會點引發共鳴，或心靈接受美的感動時」必須即時掌握的契機。

八、〈幼兒的心靈層面〉，是對幼兒神秘心靈的探索，也是「幼兒詩」的「本質論」的問題闡述。

除以上這些篇章，著重於「幼兒詩」的一些基礎理路的探索和闡述之外，接著還有二十一篇，可說大多側重在「幼兒詩」的產生背景、記錄過程和作品的賞析，也可以當作「作品論」來看待。當然，這本書不是什麼嚴肅的詩學論著，而是一本以詩人從事對「幼兒詩」的採集、記錄的一種隨筆性的論述工作；全書二十九個篇章，每一篇章都引述了詩人所採集的詩作，或一首，或二、三首作為佐證，具有導讀「幼兒詩」的作用，值得有志於從事兒童詩教學的教師們或幼稚園老師作為教學上的參考；其實，與幼嬰兒最為接近的年輕的媽媽們，也值得人手一冊，以培養自己在撫育幼嬰兒時，能有一份敏銳的詩心，與幼嬰兒分享天真的詩趣。

在全書所引述的五十多首「幼兒詩」中，處處洋溢著童稚心靈的清純和天真的情趣，如〈動力與最愛〉中的〈人之初〉：

嗯哇！嗯哇！
不是我
不喜歡這世界
是不習慣
嗯哇！嗯哇！

寫嬰孩「嗯哇！嗯哇！」的哭叫聲，極為傳神的把一個新生嬰孩給人的第一個印象和感覺，對人生注入了極為生動而又有意思的情趣，似乎在嬰孩既「原始」又「單純」的哭叫中，也蘊含了人生的深層的哲理。

又如〈不用接著劑的幼兒詩〉中的〈給你畫一條路〉：

你要回家了
我給你畫一條路
你要好好走
不要被碰倒了

是出自一個三歲半的小女孩黛比口中說出來的，充滿了人性本善與發自內心關愛他人的真情，是純真而富饒情趣的自然流露。

再如〈你怕不怕老鼠〉中的同題詩作〈你怕不怕老鼠〉：

姨爹　你怕不怕
老鼠
我家的老鼠
好——大！
你睡裡邊
你就不怕
被老鼠　拖走

也是自出於一個小女孩玲的童稚之口，卻掩抑不住一個善於待客和勇於主動保護客人的心靈；由這首「幼兒詩」來看，在幼兒的心目中，大人其實跟她也一樣，並不因為這位「姨爹」是個「大人」就不怕老鼠，所以也必須加以「保護」，因此應該安排他，讓他睡在裡邊；這是何等的純真、可愛又可敬的想法呀。

這個世界，詩原本就存在的，而且是無所不在的；它存在於每一顆純淨的心靈當中，必須要有敏銳的詩心去感受它，並且運用文字即時記錄下來。詩人薛林以他特有的敏銳的詩心去親近幼兒、去傾聽他們的心聲，而發現到詩還有更廣闊的世界，並領悟到「童稚心靈皆是詩」，就是最好的明證；只是，在「幼兒詩」這個全新的領域裡，還真須要有更多的人專心致志，共同來開採這屬於「幼兒文學」無盡的寶藏。

1991年7月11日清晨　寫於東湖

收在薛林的兒童文學及其評論《不墜的夕陽》

2000.12台南縣文化局印行

無限寬廣的空間

——《童稚心靈的空間》序

薛林和舒蘭，都把我當作他們的小老弟；我們三人，情逾手足。論年齡，薛林最長，舒蘭次之，我最小；所以，從認識到現在，已二十年，我從他們得到很多好處和呵護。他們對我，以及我所做的，只有嘉許和肯定，而從無責難或怨言：八〇年代初，我們曾共同發起成立「布穀鳥兒童詩學社」，分別擔任發行人、社長、總編輯，並實際負責印行《布穀鳥兒童詩學季刊》的財務和業務；只有付出而無收入的工作。不論是在「布穀鳥時期」，或稍後我發起籌組「中華民國兒童文學學會」，或近年創辦《兒童文學家》雜誌，組織「中國海峽兩岸兒童文學研究會」，他們仍都全力給我鼓勵和支持。

去年1990年父親節，薛林出版《童稚心靈皆是詩》要舒蘭和我寫序並設計封面，拖了半年多，我才幫他弄出來；今年，他要出版這本新著《童稚心靈的空間》，同樣要舒蘭和我寫序以及封面的設計；原預定要在年底出版的，我又把它拖了將近半年，到這一年的最後一天的晚上，我才動筆，感到十分慚愧！但薛林對我仍一樣寬容，從不催促。

《童稚心靈皆是詩》是一本兒童詩論集，這本《童稚心靈的空間》也是，兩本連在一起，可說是「姊妹書」，內容及論述的重點，都以「幼兒詩」為範疇，在國內是創舉，在國外也還未見過！去年，我為《童稚心靈皆是詩》寫了一篇《幼兒詩的記錄與探索》作為序文，可說比較用心的把全部內容都仔細看了幾遍，才執筆的；今年，薛林他體諒我忙，說我只寫篇短文就可以；所以，我沒花多少時間看完每一個字；但我發現，《童稚心靈的空間》是有不同的處理方式，薛林設計了新的論述架構，在他所採擷得來的每一首「幼兒詩」之後，以「覓源」、「心象」、「融點」、「詩路」、「賞析」五個方向，簡單扼要闡述他從事「幼兒詩」採擷、記錄的心得和新的觀念，值得讀者注意。

在「後記」中，他說：「我敞開二〇年代的心，張開九〇年代的臂，山樹苗朝我走來……」以感性的筆調將他近七十歲的心境，在累積了近五十年孜孜追尋詩心的經驗－－找到了真詩的源頭之後，他蹲下來用慈愛的言語和「幼兒」從事心靈的對話，記錄不同年代人的心象，而完成了這一系列探索童稚心靈空間的詩，使我不禁得再次為他這本新著喝采——《童稚心靈的空間》，就是純真的詩的美學底無限寬廣的空間。

1992年12月31日　深夜寫於東湖

收在薛林的兒童文學及其評論《不墜的夕陽》

2000.12台南縣文化局印行

說童年的夢

——我的第一本兒童文學的書

我是先寫「成人文學」，再寫「兒童文學」；在成人文學中，我以寫「詩」（現代詩）為主；在兒童文學中，我也以寫「詩」（兒童詩）為主。我對詩有特別的喜愛。

我大約在二十歲開始學習寫詩；我的第一本書的出版，是在民國56年（1967年）2月，書名叫《牧雲初集》；「牧雲」是我早年用的筆名，「初集」，表示它是我的第一本書；我會繼續寫，將來會有「二集」、「三集」……的出版。當然，就「初」字而言，也有「不成熟」的意謂之意。我的本性是謙虛的。

我真正有意為兒童寫詩，是在民國62年初，當時是受了洪建全文教基金會舉辦「洪建全兒童文學創作獎」徵文的啟發；我寫了三十首兒童詩，用其中的一首當輯名，取名為《妹妹的紅雨鞋》，參加比賽，獲得佳作獎。從此，我繼續為兒童寫作，也年年參加，得到了很大的鼓勵。

為兒童出詩集，是民國65年的事；4月出版《童年的夢》（光啟社），12月出版《妹妹的紅雨鞋》（純文學）。就兒童文學來說，《童年的夢》是我在兒童文學領域中，所出版的第一本書。這本書，32開、110頁；內容分為四輯，一、二、三輯是我的童詩，計二十二首，每一首都附有「解說」；第四輯，「之一」收錄我大女兒林安玲的詩二首，也附有我的「解說」；「之二」是我寫的「兒童詩的欣賞」四篇，都是民國62年在國語日報兒童文學週刊版發表；「之三」是談我的一首「5」的寫作經過；另外一篇是「代後記」——〈回憶是甜蜜的〉，敘說我寫作這本童詩集的一些經驗和感受，以及對前輩、文友的感激。此外，有一篇序文，是詩人、兒童文學作家張彥勳撰寫，題目是〈林煥彰這個大孩子〉，對我這個人和童詩的寫作方面，都給了我很大的肯定和期許。

收在這本童詩集中的詩，都是我寫《妹妹的紅雨鞋》之前完成的作品；這些作品，大都以我的童年生活經驗和回憶的心境寫成的；寫作時，並未以兒童為閱讀對象，只順其自然的完成了我個人一時心境的抒發。在當時，我沒有接觸過兒童文學，也不知道有所謂「兒童詩」這種文類。

因為寫的大都與我童年生活經驗有關，取書名為《童年的夢》，是很現成的，沒有特別用心，自然也毫無創意。倒是個人的紀念意義多了一些，包括封面的字、封面的畫、封面的設計，都是我自己動手的；還有內頁的插圖，我還選用了我大女兒、大兒子、二兒子、二女兒他們的塗鴉，當時，他們有的念小學，有的才上幼稚園；為的是增加一點「童趣」，也留下一些紀念。

至於每一首詩都附上「解說」，在當時也似乎沒有人這麼做，我考慮我寫的童年經驗，現在的孩子可能不容易領會，同時也怕我寫的詩不好懂，才有了這樣的設想。

說這本書是兒童詩集，在排版用字上，沒有加注音符號，和一般兒童讀物的編印不同，是出版者——光啟出版社一向的作風，對讀者應該不會有太大的影響。但五年後，民國70年8月再版，做了修訂，卻改有注音符號的版本。

附帶再說幾句話：這本書，有〈我們很傻〉曾被台大教授吳宏一博士推薦作為國中教科書國文第三冊課文候選作品；〈那年〉有詩人余光中教授譯成英文、韓國詩人許世旭譯成韓文;〈小貓〉獲得上海《少年報》小讀者票選「小百花獎」;〈夏日〉康軒文教機構編入國小國語課本;但這本書最大的榮譽和鼓勵,是民國67年,和《妹妹的紅雨鞋》同時獲得中山文藝獎(兒童文學類)。這也是我自中年開始,會對兒童文學付出那麼多心力的最大原因之一。

2001.3.31寫於研究苑

我一首最多人讀的童詩

〈影子〉和我的關係——談我怎樣寫〈影子〉

〈影子〉

影子在左，
影子在右，
影子是一個好朋友，
常常陪著我。

影子在前，
影子在後，
影子是一隻小黑狗，
常常跟著我。

原載《妹妹的紅雨鞋》1976版・純文學／
中國義務教育課程標準實驗教科書「語文」一年級上冊。
北京人民教育出版社編印　2001.06.第一版　全國各省通用／
隨後香港、台灣數家教科書民間版跟進選用。

每個人都有自己的影子，我認為影子就是「隱形人」，要在陽光下、燈光下才會出現。

〈影子〉是一首童詩，也可當成兒歌看待。〈影子〉的內容很簡單，文字也很淺白，又很押韻，但它的韻，不是我刻意安排的，應該說是語言的自然流露。

這首詩，收錄在我的第二本童詩集《妹妹的紅雨鞋》裡，是一九七六年十二月由名作家林海音主持的純文學出版社在台北出版的。我一九七二年下半年開始為兒童寫詩，為了參加第一屆洪建全兒童文學創作獎徵稿，寫了二十首童詩，〈影子〉是其中一首。這次徵文我獲得佳作獎，謝武彰和黃基博合得優等獎。

回想這首詩的寫作，已經是三十多年前的事。那時，我寫現代詩已經有了十多年的基礎，基本上我已養成隨時想詩、寫詩的習慣。當時，我的大女兒、大兒子已上幼稚園，我會送他們上學，接他們回家；有時是早晨，有時是中午，有時是黃昏。中午會有強烈的陽光照射，影子比較明顯；黃昏影子會拉得比較長。

帶著孩子走路時，我喜歡牽著他們的小手，一方面避免跌倒，或被往來的車輛撞傷；一方面也能感受親情的溫馨。我會在走路的時候，跟他們講話，尤其是正午大太陽底下，走在發燙的柏油路上，為了鼓勵他們加快腳步，消除他們疲累厭煩的心情，我便利用機會為他們尋找一些輕鬆的話題。記得這首〈影子〉就是在那樣的情況下，和他們邊走邊說，隨口念唱，唱唱玩玩之下完成的，純粹是為了好玩，沒什麼特別心機，也無特別用意。不過，事隔三十多年，被北京人民教育出版社選用在小學語文課本中，接著又有廣西、山東以及香港地區的出版機構選編為教材或課文，我自己再仔細審視它，的確發現了它的一些「特別」意義。

我前面提到，這首詩的內容、形式都很簡單，文字也很淺白，又很押韻；就是因為有了這些要件或優點，正適合低幼兒童學習語文時作為教材使用。尤其是詩中有「前」、「後」、「左」、「右」等方位詞，有「朋友」的概念和「小黑狗」的形象語言，對小朋友來說，也是他們這個年齡所應該學習和認識的、又有興趣的話題。

我說〈影子〉也可以當兒歌看待，不僅因為它可琅琅上口，還因為它可以拿來做遊戲；讓孩子認識影子的存在，他們可以自己和自己的影子玩，也可以和別人的影子玩，而且玩的方式很多，「踩影子」就是其中一種。會玩的人可以有不同的玩法，教師們可以動腦筋設計相關教案，以「遊戲」為前提，把學生帶進快樂學習的情境中，體會感受「朋友」的情意之美。

〈影子〉和我關係十分密切，它是我生命中很重要的一部分，也是我引以為榮的一部分，特別是，它能讓我回憶起和自己的孩子在一起度過的快樂時光。想到每學期都會有千萬個一年級的小學生讀到它，我就會感到這是一股巨大的力量，它會激勵我更努力地為孩子們寫詩。

原載北京《語文作者說課文》季刊

主持人語

「影子在前，／影子在後，／影子常常跟著我，／就像一條小黑狗。／／影子在左，／影子在右，／影子常常陪著我，／它是我的好朋友。」課文只有短短的幾句，卻充滿了歡快的氣氛和跳躍的節奏。這，或許也是林煥彰兒童詩歌的特點。林煥彰先生是台灣著名的兒童文學作家，他早年寫現代詩，在台灣文壇頗負文名，後來又涉足兒童文學領域，同樣取得巨大的成就。

〈影子〉（人教版教材一年級上冊）只有八行，讀後卻讓人印象深刻，而且很容易把它背下來（這也很符合低年級學生記憶的特點）。其原因在於詩的排列在規整中有變化，詩的內容非常符合孩子的經驗世界和想像世界。這首兒童詩具有兒歌的特點，具有直白暢達的特點。林煥彰先生有的詩就更需要仔細揣摩了，例如〈小貓晒太陽〉：「小貓在陽台上／晒太陽／牠喜歡把自己捲成一個／小小的毛線球／收集冬天的陽光。」

想像一下，當孩子第一次看到自己的影子的時候，會是什麼樣的心情？就如同他小時候在鏡子中看到自己一樣，既高興又懷疑。他或許想去用手捕它、用腳踩它，最後卻發現這一切都是徒勞的。於是，就慢慢地接納了它，把它當成自己的好朋友，「形影不離」有了它真實的本意。詩人在生活中捕捉到了這一場景，用淺白的語言唱出，又在簡單之外有了更多文學的趣味，給孩子們帶來很大的快樂，或如作者曾說過的：「文學的作用，只要讀者肯用心閱讀，從中獲得一些啟發、一些審美感受的話，對一個人的身心成長，必定都會有所幫助的。」

我曾經看過一節〈影子〉教學的觀摩課；教師先用表演的方式引入，把教室的燈全部關上，又用一個功率很大的燈「製造」出影子，不斷讓學生到前台來表演，體會影子什麼時候在「前、後、左、右」，待學生跑得滿頭大汗後，又問學生為什麼會有影子。結果，一節課結束時，孩子們還沒有得及讀課文。我想，這節課最大的問題就是教師把直接經驗和間接經驗混淆了，學生不一定非得在課堂上用這樣低效率而又費勁的方式來體會影子，教師可以安排學生在生活中自己觀察；也沒有必要讓學生回答「影子的產生」這樣超出孩子知識範圍之外的問題。對於語文課而言，讓學生在讀中感受音韻的節奏之美，甚至讓學生仿說，或許是更「語文化」的教學方法。

責編　張瑛

〈冬天的基隆山〉及其賞析

〈冬天的基隆山〉

那東北季風的嚎叫
年年都準時打鼻頭角那頭
吹過來，毫無阻擋；
基隆山的脖子
不知不覺，就縮短了好幾吋

打秋天開始
大地，我們的母親也開始了
用芒花編織毛衣；為東北角每座山保暖
基隆山長得高些
便率先躲進灰白的毛衣裡

有陽光的日子，
基隆山的脖子就伸出來一點，彷彿又長高了
颳風下雨，或霧來時
他又不見蹤影

呼呼嚎叫的東北季風
吼乾喉嚨，也只好乾乾的吼著

不見蹤影的基隆山有那一身芒花編織的毛衣

這個冬天，就不再哆嗦打噴嚏了

2008.11.25晨　研究苑

編入國民小學第十一冊《國語》及《教師手冊6上》，康軒版。

2010年9月印行。

賞析

這是一首寫景的詩嗎？應該是吧。這是一首寫季節的詩嗎？也應該是吧。題目不就明明白白的交代了嗎？是啊！但是，在細讀之後，除了你清楚明白這首詩寫的是「冬天基隆山的景象」之外，你又看到了什麼？基隆山有脖子嗎？基隆山的脖子會縮短、會長高嗎？

一年四季，每一個季節的更迭，透過大自然的景象，呈現不同的容顏；每一種不同的容顏，就帶給人們不同的感受；每個人的感受，又都因為情緒、審美觀點、文學修養、角度、心態、作用等不同，而產生不同的感受。

這首詩，作者處理心理的感覺，似乎比大自然的景象還多；「東北季風」是冬天東北角這一帶必然會有的季風，芒草也是這一帶必然會有的雜草；颳風下雨、雲和霧都是這兒的常客……這些應該都算是冬天基隆山的特色，但看在詩人眼裡、或心中的感受，就有了不一樣的想像、不一樣的聯想。

詩是什麼？是語言、文字的藝術；簡單的語言、淺白的文字，有了豐富的想像空間，就能撥響讀者心弦的顫音，在心裡迴盪……

延伸閱讀

〈基隆山的美〉

基隆山的胸脯，是豐滿的；
金瓜石那邊的人，稱她為
仰臥的大肚美人。

凡能成為母親的，
都有她孕育生命的美；
我讚美生命，也讚美她……

2009.03.18/15:00九份半半樓

讀詩的感覺，真好！

——《我的聲音會去旅行》代序 和孩子們談讀詩

很高興有這個機會，用這話題和我還未有機會碰面的、我心目中可愛的小朋友們「談讀詩」；因為，我又有機會在中國出版我的第八本書，而且又是我最喜歡寫作的一種文類——詩。

詩是什麼？我最喜歡借美國已故桂冠詩人佛洛斯特的話告訴大家，他說過：「看起來很愉快，讀過之後覺得自己又聰明了許多；那就是詩。」我自己從五十多年寫詩、親近詩的經歷中，深深體會到：詩是一種美好的感覺。你讀過多少詩？你可有過這種美好的感覺嗎？我可以做見證，的確，讀詩、喜歡詩的孩子，會變得更聰明。其實，也不分年齡，只要你喜歡詩，一定會變得更快樂、更聰明。

我還有一個發現，可以和你分享：讀詩可以讓你走進一條寧靜的道路，那是通向心靈的必經之路；讓你走過的地方，永遠都像百花盛開的春天、百鳥鳴唱的天堂。

讀詩，你會用什麼樣的方式來讀？我呢？我的經驗是：

自己一個人靜靜的坐下來讀，不必發出聲音，可以讀到心裡去。

也可以發出聲音，自己一個人靜靜的聽自己讀詩的聲音；那是熟悉的、還是陌生的聲音？為什麼，有什麼不同？

也可以和要好的朋友一起朗讀，你一句我一句，看誰讀得比較有感情、比較有感覺、比較有味道、比較好聽？讀著讀著，無聊的時間就溜走！讀著讀著，不愉快的心情就變好了！原來自己看起來都覺得臭臭的臉，也變得很有氣質，誰見了都會讚美！

當然，讀詩的方法很多，只要你覺得那種讀法能為你帶來快樂，你就可以嘗試運用；而且方法會越變越多，越變越靈活。

記住喔！如果你是女生的話，我建議你身上準備一面小鏡子，在每次讀過詩之後，拿出來照一下自己的臉蛋兒，看有沒有變得比較美？至於男生嘛，如果也肯聽我的話，多讀詩，保證你會越來越帥，越來越有女生願意和你當朋友……

2011.08.08/09:35研究苑

童詩集《我的聲音會去旅行》，天津

新蕾出版社，2012.4出版。

和孩子們一起玩詩

——童詩，在現代兒童生活中可以做些什麼？

讀詩的孩子，思維會特別敏銳，因此也會變得更加聰明……

孔子在《詩經》說：「詩可以興、觀、群、怨，邇之事父，遠之事君，多識於鳥獸草木之名。」整部《詩經》的精神，可說是：「溫柔敦厚」、「思無邪」。

孔子說詩的前段話，是針對大人的，固然沒錯，但我認為他只說對了一半；因為兩千多年前，兒童還沒什麼地位，不像現在，兒童一樣有人權，且要受到好好的重視和照顧。針對現代兒童來說，為兒童寫的詩，不只可興，可誦，可嘆，可怨，還可唱，可玩，可演，可以發揮創造力……

我這樣說，並非憑空為了好玩說說而已，我們可以認真而輕鬆的來看待這件事情；下面我就針對這件神聖的事，說出我多年來自己深受其惠的實際體悟：

我年輕時極度鬱卒，前途無望，學什麼都提不起勁。那時，剛接觸新詩，發現詩的篇幅小，字數少，讀起來卻很有意味。從那時起直到現在，已超過五十年，我不僅喜歡讀詩，寫詩，更喜歡教詩；因為我從它得到了許多好處，希望別人也能有機會獲得更多的好處。

詩，基本上都很重視音樂性，讀來有豐富的節奏感，你的情緒、感覺就會不知不覺受它感染，內化為敏銳的感受力，對什麼都容易產生美好的興趣。

除了豐富的音樂性，我們還可以從它感受到抽象的情緒或概念的思想，因為透過詩的形象語言，有了獨特具體意象、生動的在腦海中湧現，留下深刻的印象，便會產生閱讀的快感。

有一年，我應香港教育學院之邀，做了一場與童詩教學有關的專題演講；我首次提出「唱詩・說詩・演詩」的教學概念，得到現場三四百位國教界教師很大的興趣與回響。近幾年，我在台灣走過上百所小學，和教師們談寫作與閱讀，又增加了一個「遊戲」概念；詩是可以「玩」的，包括：玩文字，玩心情，玩寫詩，玩創意。

兩三年前，板橋動態閱讀協會在一次成果發表會上，朗讀我一首童詩〈小貓走路沒聲音〉，台下竟然有位小女孩趴下來，四肢著地，模擬小貓走路的樣子，自由自在的爬上舞台，令人動容。由此領會到，讓親近詩成為孩子們從小就可以實現的願望，不是奢望；當現代父母，理應懂得重視孩子們內在氣質的培養，和孩子們一起玩詩、一起朗讀；何況詩本來就是「語言藝術」，讀者可從它學習到優美的語文，大聲朗讀，得到內化的作用；更重要的是，透過詩的情意美，學習高尚的品德和珍貴的創意，一生都受用。

細讀日本詩人、小說家人三木卓童詩集《蟲之歌》（繪者：杉浦範茂／維京國際，2011.9版）的每一首詩，我都有一份深刻的感受，讓我心情雀躍，有如被融化了、很舒服的感覺，如〈螳螂〉那一首，小螳螂即將從螳螂媽媽的卵囊孵化出來，那頃刻間的心理震撼，作者獨特的比喻為一塊鬆餅及一塊即將融化的麥芽糖，精準的擄獲兒童心理，給予很大的閱讀樂趣和想像空間，餘味無窮……

2011.08.16/05:20生日

九份半半樓初稿／25日清晨7時研究苑修訂

文學視界69　PG1219

童心・夢想
——兒童文學的想法

作　　者 / 林煥彰
責任編輯 / 林千惠
圖文排版 / 高玉菁
封面設計 / 蔡瑋筠
封面及插頁圖 / 林煥彰

發 行 人 / 宋政坤
法律顧問 / 毛國樑　律師
出版發行 / 秀威資訊科技股份有限公司
114台北市內湖區瑞光路76巷65號1樓
電話：+886-2-2796-3638　傳真：+886-2-2796-1377
http://www.showwe.com.tw
劃撥帳號 / 19563868　戶名：秀威資訊科技股份有限公司
讀者服務信箱：service@showwe.com.tw
展售門市 / 國家書店（松江門市）
104台北市中山區松江路209號1樓
電話：+886-2-2518-0207　傳真：+886-2-2518-0778
網路訂購 / 秀威網路書店：http://www.bodbooks.com.tw
國家網路書店：http://www.govbooks.com.tw

2014年10月　BOD一版
定價：320元

國家圖書館出版品預行編目

童心・夢想 : 兒童文學的想法 / 林煥彰著. -- 一版. -- 臺
北市 : 秀威資訊科技, 2014.10
面； 公分
BOD版
ISBN 978-986-326-295-4 (平裝)

1. 兒童文學 2. 童詩 3. 文集

815.9 103019357

讀者回函卡

感謝您購買本書，為提升服務品質，請填妥以下資料，將讀者回函卡直接寄回或傳真本公司，收到您的寶貴意見後，我們會收藏記錄及檢討，謝謝！如您需要了解本公司最新出版書目、購書優惠或企劃活動，歡迎您上網查詢或下載相關資料：http:// www.showwe.com.tw

您購買的書名：____________________

出生日期：________年________月________日

學歷：□高中（含）以下　□大專　□研究所（含）以上

職業：□製造業　□金融業　□資訊業　□軍警　□傳播業　□自由業

□服務業　□公務員　□教職　□學生　□家管　□其它_____

購書地點：□網路書店　□實體書店　□書展　□郵購　□贈閱　□其他

您從何得知本書的消息？

□網路書店　□實體書店　□網路搜尋　□電子報　□書訊　□雜誌

□傳播媒體　□親友推薦　□網站推薦　□部落格　□其他__________

您對本書的評價：（請填代號　1.非常滿意　2.滿意　3.尚可　4.再改進）

封面設計____　版面編排____　內容____　文／譯筆____　價格____

讀完書後您覺得：

□很有收穫　□有收穫　□收穫不多　□沒收穫

對我們的建議：____________________

____

____

____

請貼
郵票

11466
台北市內湖區瑞光路 76 巷 65 號 1 樓
秀威資訊科技股份有限公司 收
BOD 數位出版事業部

（請沿線對折寄回，謝謝！）

姓　　名：＿＿＿＿＿＿＿＿　年齡：＿＿＿＿　性別：□女　□男

郵遞區號：□□□□□

地　　址：＿＿＿＿＿＿＿＿＿＿＿＿＿＿＿＿

聯絡電話：(日) ＿＿＿＿＿＿＿＿ (夜) ＿＿＿＿＿＿＿＿

E-mail：＿＿＿＿＿＿＿＿＿＿＿＿＿＿＿＿